JN212324

旅の作法、人生の極意

山本一力
Yamamoto Ichiriki

PHP

旅の作法、人生の極意

目次

第一部　もの想ふ旅人

日本にて

日本とアメリカ——比べてみれば

アメリカにて

台湾・中国・香港にて

第二部

ドライブ道すがら

装幀――芦澤泰偉
装画――手塚リサ

第一部

もの想ふ旅人

日本にて

惜しむなかれ

向田邦子《むこうだくにこ》著『父の詫《わ》び状』には、鹿児島も登場する。

BS番組で同著を取り上げることになり、撮影のため三日間鹿児島に滞在した。

「故郷の山や河を持たない東京生れの私にとって、鹿児島はなつかしい『故郷もどき』なのであろう」

病《やまい》がわかってから執筆された「鹿児島感傷旅行」(『眠る盃』所収)には、こう記されている。

向田さんの随筆は、没後三十三年(二〇一四年当時)となったいま読み返しても、瑞々《みずみず》しさは何ら褪《あ》せていない。

文章の一行、いや単語ひとつからも繊細《せんさい》な息遣いが感ぜられるからだろう。

饒舌《じょうぜつ》とは真逆の、抑制の利《き》いた表現。

野暮《やぼ》を嫌《きら》い、粋《いき》を重んずる東京人ならではの筆だ。

そんな彼女が、なにゆえあって鹿児島を「故郷もどき」と記したのか。

鹿児島（薩摩《さつま》）のイメージは何でしょうかと問えば、「西郷隆盛」「雄々《おお》しき国」などなど、男性的な像を思い描いた答えが返ってくるだろう。

じつは向田さんも、例外ではなかった。

小学校三年生の三学期早々に、東京から鹿児島への転校が決まったとき。

「鹿児島は、ふんどし姿の警官がサーベルを吊《つ》るしている」

こんな話を真に受けて、一九三九年（昭和十四）一月に東京から転校した。

まだ九歳だった女子には、未開の地に赴《おもむ》く尋常ならざる事態だったことだろう。

ところが彼女の憂《うれ》いは、暮らし始めるや消え失《う》せた。

高台の家から、真正面に桜島《さくらじま》が望めたからだ。

*

向田さんが鹿児島に残した足跡を追って、撮影は城山《しろやま》展望台から始まった。

「いいと言うまでは前を見ないでください」

ディレクターの奇妙な指示は、展望台から正面を見たとき心底理解できた。眼前に広がる景観一八〇度すべてを、桜島が占めていた。晴天に恵まれた五月下旬の午前七時十五分。朝日を浴びた海は、はやキラキラと海面を照り輝かせていた。

海の手前には鹿児島の市街地が一望できた。ビルも民家もぎっしりと詰まっているが、いずれもほどよい高さだ。空を狭くする高層ビルは、この町にはない。眺めはでこぼこしておらず、穏やかな気持ちでパノラマを楽しめた。

対岸は桜島だ。

噴煙は上がっていなかった。が、初対面の際には言葉も忘れて、ただ見入った。

江戸時代、庶民が神々《こうごう》しき眺めに接したときは、両手を合わせてこうべを垂《た》れたという。威勢よく昇る朝日を「お天道《てんと》さま」と敬《うやま》った時代である。

荘厳《そうごん》な景観には神が宿ると、だれもが信じていた。

WEB全盛のいま、世界のどこでもモニターで見られる。場所によっては動画もあろう。しかしそれらは映像の領域を超えられはしないと、桜島を見て身体《からだ》が実感した。

火山の轟《とどろ》きや鳴動を、身体が感じたわけではない。

噴煙を見たわけでもない。

朝日を照り返す海の彼方《かなた》で、桜島は静止していた。

にもかかわらず、桜島は生きていると感ずることができた。

身体が勝手に、深々と辞儀をした。昨日の息災を感謝し、今日の安泰を願っていた。

*

「変らないのは、ただひとつ、桜島だけ」というのも、「鹿児島感傷旅行」の一節にあった。

現地を旅したことで、向田さんが書き残されたことが我が身に染《し》み透《とお》ってきた。

二年数カ月通われた山下小学校は、いまも同じ場所にある。

二丁の包丁で魚のすり身を形よく整えて、油鍋で仕上げた薩摩揚げ。

技に見とれたという薩摩名物も、町で達者に息づいていた。

その地を踏みしめてこそ、実感できることは山ほどある。

旅に費やす時間とカネを惜《お》しむのは、生きることを惜しむに等しい。

かなうことなら

仏《ほとけ》作って魂《たましい》入れず。

箴言《しんげん》が言うのはこれだったのかと、先の大震災（二〇一一年三月十一日の東日本大震災）で思い知った。

地震や津波、大洪水などの自然災害に備えて行政機関・医療機関・各種公共機関は、非常用発電装置を設置している。

つまり仏は作っていたわけだ。

しかしあの巨大津波の襲来《しゅうらい》に遭遇《そうぐう》したとき、機能しなかった発電装置が多数あった。

もしも福島第一原子力発電所の非常用発電装置が機能していたら、事故を未然に防げたかもしれないと、多方面から指摘された。

箴言はこれを言い当てていた。

ディーゼル発電機が必要となる局面を想定すれば、答えは簡単に出る。

津波に備えての発電装置なら、水をかぶることのない高いところに置け、なのだ。

発電装置という仏は作ったが、高い場所に設置するという魂を入れなかった。

結果、いまだあの事故は長い長い尾を引いている。

＊

岩手県宮古《みやこ》市を東京から訪ねるなら、東北新幹線で盛岡に出るのが便利だろう。盛岡から宮古まではＪＲ山田線を利用する。

東京〜盛岡と盛岡〜宮古の区間距離は、前者が桁違《けたちが》いに長い。

しかし乗車時間は大して変わらないのに驚いた。山々にはまだ深い雪が積もっていた二月に、山田線に乗車した。

山間《やまあい》でいきなり気動車が停車した。十分ほど過ぎたとき、車内アナウンスがあった。

「鹿にぶつかったので安全確認をしています」と。

初体験だったが、山田線ではめずらしくもないらしい。

「ぶつかったのが熊でなくてよかった」とつぶやいた客に、多くのひとがうなずいていた。

後藤泌尿器科・皮膚科医院は、あの大震災の折、宮古市内でただ一軒だけ明かりを灯《とも》し続けた。

「大震災はかならず来る。地震に続いて津波も襲ってくる」

後藤康文《やすふみ》院長は地震に備えて四階建て医院を大改築された。

自家発電装置を屋上に設置するための大改築だった。

「人工透析《とうせき》の患者には、一日の休みも許されない。電気と水さえあれば、透析治療はできる」

この信念に基づき、億単位の費用を投じて医院を改築された。

宮古港には六メートルのコンクリート防潮堤が設けられている。しかしあの日の津波は防潮堤を越えた。二十トンの漁船までも乗り越えさせる凄《すさ》まじさだった。

電力を完全に喪失した市街地の夜は、深くて凍《こご》えた闇《やみ》が全域に覆《おお》い被《かぶ》さっていた。

そんななかで後藤医院だけが、明かりを灯した。

「『地震のときは逃げてこい』というのが後藤先生の口ぐせでした」

医院周辺の住民の多くは、後藤医院に避難した。

凍《い》てついた夜、自宅の屋根から後藤医院の明かりを見たという住民もいた。

「あれこそまさしく、希望の明かりでした」

水が引いたのは翌日の未明だったという。その間、医院の明かりを見て望みをつないだそうだ。

長いインタビューのまとめで、後藤先生に問うた。

「さぞみなさんから感謝されたでしょう?」

「そんなもん、なかったなあ」

気負いのない表情で、先生はさらりと言われた。

後藤医院を描いたドキュメンタリー映画の完成試写会は、宮古市の市民ホールで行われた。

映画のラストには……、

「そんなもん、なかったなあ」

これがそのまま使われた。

試写会会場には爆笑が生じた。

最前列にいた先生は、白髪《しらが》あたまに手をあててはにかんだ。

爆笑は、先生への深い敬慕《けいぼ》のあらわれ。

市民の想いをしっかりと受け止めたはにかみだと感じられた。

宮古の後藤医院が作った仏には、しかと魂が込められていた。

*

平時にあっては、大多数の者が円滑《えんかつ》な営《いとな》みを当然のものだと考えている。感謝もしない。

有事下では、当たり前だと思っていた営みのありがたさを思い知る。が、またすぐに忘れる。

「有事にあっては、ホテルはパブリックスペースである」

かなうことなら、この至言《しげん》の重みを、味わう日が来ませぬように。

寒仕込み

盆地京都の冬は凍《こご》えが厳しい。

町を取り囲んだ山からの寒風は、まさに土地のひとが言う「颪《おろし》」である。

防寒具で身を固めていながら、旅人は真顔で言う。

「京都の真冬は、なんとも厳寒ぶりが凄《すさ》まじいですね」と。

かれこれ十年前の一月十日、京都ゑびす神社（京都市東山区）の例祭「十日《とおか》ゑびす」に出向いたのが真冬の京都体験の始まりだった。

町なかの定宿《じょうやど》に着くと、いつものドアマンが心底の笑顔を浮かべて迎えてくれた。

タクシーから出るなり、身体《からだ》の芯にまで響く凍えを覚えた。

ドアマンの身なりも、他の季節とは違っていた。丈《たけ》の長い厚手のコートを着用していた。

帽子はつばの広いキャプテン専用の山高帽子である。

十五時過ぎのチェックイン後、すぐさま京都ゑびす神社に出かけた。

まだ冬日が空に残っており、ゑびす神社への参道は明るい。

狭い通りの両側には、数え切れない物売り屋台が並んでいた。しかし準備中の屋台もあった。

「一月十日の参道は、身動きがとれないほどの人混みになる」

聞いていた話とは大分に違った。拍子抜けした気分でホテルに帰り、ドアマンに話した。

「十日ゑびすは夜が本番ですから」

祭の説明をしてくれている間にも、来客は途切れない。外出する宿泊客が、タクシーを求めたりもする。

ドアマンは敏捷《びんしょう》な動きで、次々と要望をさばいていた。

夜が本番だとわかり、二十時を過ぎてから再び出向いた。

様子が激変していた。

まさに参道は人で埋まっていた。両側に並んだ屋台すべてに、明かりが灯《とも》っている。

真ん中を歩いていた者は左右に動けず、屋台に近寄ることすらむずかしかった。

日暮れ前には楽に行き着けたゑびす神社。同じ日の夜には、果てしなく遠く思えた。

人混みに揉《も》みくちゃにされながら、あることに気づいた。

着ぶくれ姿が、意外なほど少ないということに、である。

着物姿が男女ともに多いのは、この町ならではだろう。

男は紺色のあわせに羽織《はおり》姿。袖口《そでぐち》からは、温かそうな肌着ものぞいていた。

首には襟巻《えりま》きを巻いていたが、防寒具はそれだけである。

女性の着物は絹物とは限らない。日頃から着慣れている、普段着の太物《ふともの》姿が多かった。

襟巻きも普段遣いの品らしく、女性の首を優《やさ》しく包んでいた。

屋台の売り子も同様だ。厚い木綿《もめん》の股引《ももひき》に半纏《はんてん》を羽織《はお》っただけの若い衆を、何人も見かけた。

雪駄《せった》も履《は》き慣れているようだ。深い紺色の冬足袋《ふゆたび》が、雪駄の鼻緒《はなお》と色比べをしていた。

当方の防寒重装備が、あの参道では場違いに思えた。

＊

厳冬に逆《さか》らわず、さりとておもねることもせずに乗り切る。冬の京都には、町のいたるところで「寒仕込み」を感じた。

河原町《かわらまち》の京寿司の老舗《しにせ》は、通りに面してガラス張りの調理場が構えられている。鯖《さば》の棒寿司を切る板場さんの、鮮やかな包丁《ほうちょう》さばき。それを見ただけで美味《うま》さが伝わってきた。

調理場に暖房器具などない。吹きさらしの店先に立つ女将《おかみ》もまた、着ぶくれとは無縁である。

「去年は屋久島《やくしま》で、同級生たちと山登りを楽しんできました」

シャキッとした立ち姿の美しさは、この町の寒を何十年も乗り越えてきたからこそだろう。

真冬の厳しさが京都以上の町は、全国にごまんとあるだろう。

しかし伝承されてきた技《わざ》を用いて、厳寒を仕込みの糧《かて》とできるのは、長い歴史を持つ古都ならではと思えてならない。

厳しい寒のあとには、陽春が巡《めぐ》ってくる。

ドアマンの身なりも変わる。

冬をやり過ごしたつぼみは、時季を得るなり一斉に膨《ふく》らみ始める。

春を彩《いろど》る京の花々の美しさ。

厳冬をやり過ごした、寒仕込みのたまものに違いない。

いまを生きる

【どんでん返し】

さかさまにひっくり返すこと。転じて、物事がすっかり逆転すること。

（広辞苑第六版）


一九六〇年（昭和三十五）、高知市立中学一年生の夏休みにフランス・イタリア合作映画を観《み》た。

ルネ・クレマン監督の『太陽がいっぱい』だ。この映画で、初めてどんでん返しを味わった。

映画大好き小僧だったが、まだ十二歳である。あの名作を正しくは理解できていなかった。

洋上で殺人が起きた瞬間、海がいきなり荒れ始める。その急転換と、ラストシーンの驚き。このふたつが強烈な印象として残っていた。

一九六六年秋、有楽シネマでリバイバル上映を観た。十八歳になっており、監督が意図した細部まで理解できたと思う。

「ラストシーンのために、あの映画を撮ったのでは？」

大学で映画研究会に属していたという旅行会社の先輩に、これを問いかけた。

「どんでん返しは、フランス映画の伝統的手法だ」

先輩はその場で『眼には眼を』『死刑台のエレベーター』『地下室のメロディー』『恐怖の報酬』の四作品を挙げた。

「どの映画もモノクロだが、カラー映画以上に鮮烈な色彩を感ずることができる」

黒澤明監督がモノクロ撮影にこだわってきたのも、このフランス映画四本を観れば納得できると、先輩は断言した。

カラーテレビが本格的に普及し始めたのは一九七〇年ごろだ。

大阪万博（一九七〇年、大阪府吹田《すいた》市で開催）に家族で行くか、カラーテレビを買うかで家族会議が開かれたという世相だった。

当節とは異なり、映画は映画館で観るしかなかった。

多くの劇場は新作上映を主流としていた。旧作を観たければ二番館に行くほかはない。

池袋・飯田橋・新宿・銀座・動坂《どうざか》などの名画座に出向き、先輩から教わった名作四本を観て回った。

いずれもまさしく「どんでん返しの本家」たり得る秀作だ。

主人公が砂漠で渇《かわ》きに責められ続ける『眼には眼を』。

二本立ての間の休憩《きゅうけい》時間には、観客が飲み物欲しさに、売店に長い列をつくっていた。

順風満帆《じゅんぷうまんぱん》に見えていても、一寸先には深淵《しんえん》が待ち構えている。

艱難辛苦《かんなんしんく》を全力で乗り越えても、バラ色は約束されていない。

これらを映画は教えてくれた。

説教めいたことは一言も言わず、純粋なエンターテインメントとして、教えてくれたのだ。

小説でも映画でも、予想を裏切るどんでん返しは、大きければ大きいほど喜ばれる。

＊

二〇一六年六月六日、高知市立城東中学校の集《つど》いに加えてもらった。昭和三十年代に城東中学の教師であった方々の集まりだ。数年前、縁あって加えてもらえた。

当時、中三だったわたしが六十八だ。恩師各位の年齢が八十歳以上なのも当然といえよう。

一年に一回、曜日に関係なく集まることで「６６会《ろくろくかい》」と呼ばれている。

集いの終盤で、近況の報告が始まった。なかのおひとりが言われたのが、

「昨日を振り返るのも、明日を思うのも、いまのわたしには意味がない」

冗長《じょうちょう》を避けるためか、言葉は短い。腹筋に力を込めておいでなのは、口調から察せられた。

「今日をしっかり生きること。これを肝《きも》に銘じている」と。

力《りき》むでも意気込むでもない、枯れた物言いだった。それだけに、心底の驚きを覚え

た。

「明日は味方」を、我が人生行路の杖《つえ》としている。今日よりも佳《よ》き明日を信じているからだ。

九十歳が目前の先達《せんだつ》には、もはや明日は重要ではない。いま踏む一歩が重要なのだ。

凜《りん》とした立ち姿を示すことに留意して、いまを生きる。

わたしは今日の大事を思いつつも、主語を明日に置いていた。

先を見る目を凝《こ》らすあまりに、いまを踏みしめる足元を見詰める目が甘くなってはいないか。

言われて、いまさら納得した。明日は今日の続きなのだと。

座を譲る

町場の中華料理店（ラーメン屋）の新雅《しんが》へは、東京メトロ有楽町線江戸川橋が最寄《もよ》り駅だ。

一九八〇年（昭和五十五）から一九八二年まで、江戸川橋の出版社で航空時刻表編集に携《たずさ》わっていた。

毎月校了間際の数日は、泊まり込みが続いた。近所の銭湯での入浴と、三食なにを食べるかを楽しみとする合宿だった。

朝は喫茶店のモーニングだ。

昼と夜は新雅か、江戸川橋交番近くの洋食屋かの二者択一だった。

新雅は親父《おやじ》さんとおかみさんの店。調理は親父さんで、下拵《したごしら》え・洗い物・客あしらいの三役をおかみさんが受け持っていた。

調理場をコの字に囲んだカウンターだけの店で、十人で満席。築年数の古い木造だったが、目の前の調理場は器具も流しも常にピカピカだった。

注文は四品のローテーション。

噛《か》むと柔らかさが残っているレバーと、ニラの炒《いた》め。半分まで食べたあとは、レバニラ炒めをどんぶりのごはんにまぶした。

醬油《しょうゆ》味の汁がごはんに染《し》みた。炒めものとは別のどんぶりものとなり、新たな味を堪能《たんのう》した。

チャーハンには自家製チャーシューの旨味《うまみ》が行き渡っており、量の多さとともども大満足できた。

五目そばは塩味。ゴマ油も香るスープに魅了されて、真夏でも大汗《おおあせ》を覚悟で飲み干した。

ソースとキャベツだけで調理されたソース焼きそば、他の店にはない新雅の遊撃手だ。

美味《うま》いものずくめの新雅から、出版社退社で遠ざかることに。

新人賞（オール讀物新人賞）受賞のあと、音羽《おとわ》の出版社にも出入りがかなった。これがきっかけで、十七年ぶりに新雅に顔を出した。

親父さんもおかみさんも、傾き加減の木造建家《たてや》も、ピカピカの調理場も、まったく変わりなし。

もちろんメニューのどの美味さも、微動だにしていなかった。

二〇〇〇年（平成十二）あたりから、長男が手伝いに加わっていた。下拵え役を数年務めたあと、長男が中華鍋の柄《え》を摑《つか》むようになった。

当初は鍋を叩《たた》く素振《そぶ》りに、ためらい、ぎこちなさが感じられた。親父譲りの美味さを供せるようになったと、常連客のだれもが納得したとき、親父さんはきっぱりと座を明け渡した。

二代目が調理し、初代が手伝いに回った。この姿がもはや当たり前になってから十年後、親父さんが思いもかけぬ話を。

「家主さんの息子が自宅を建てるので、立ち退《の》いてくれと……」

江戸川橋を離れてしまうのではないかと、客は等しく案じた。新雅は周辺住民にも界隈《かいわい》の勤め人にも、欠かせぬ店だった。

そんなとき「新雅さんにならば土地を譲ろう」と、すぐ近所の地主さんから申し出があった。

新雅の繁盛《はんじょう》ぶりを見て、銀行も安心したのだろう。住居も兼ねた店舗建築費用も調達できて、二〇一五年七月に新装開店した。

旧店舗から、百メートル弱移動しただけの絶好の場所だ。

新雅の凄《すご》いところは新装開店の一週間前まで、旧店舗で営業を続けたことだ。

「お客さまに迷惑はかけられないから」の信念で、休まずに続けた。数日の慣らし運転で、新店舗で営業を始めた。

飲食店が改築・新築をした途端に、客足が落ちることもあるらしい。が、新雅にはまったくそれはなかった。

ないどころか、客席が倍近くに増えたのに、行列はさらに長くなっていた。

注文すると調理場のだれも（長男の嫁も加わり四人）が「かしこまりました」と答える。

一九七二年（昭和四十七）の開業以来、変わらぬ接客姿勢だという。

新装開店の凄《すさ》まじいラッシュがひと息ついたとき、親父さんがしみじみと言ったこと。

「おれみたいな爺《じい》さんには、銀行は一万円だって貸してはくれないよねえ」

代替わりを成し遂《と》げた息子を正味で喜ぶ姿に、胸を打たれた。

自分に余力が残っているとき、親父さんはあっぱれにも新雅の味作りを譲り、下働きに回った。

「かしこまりました」の返事にこめた、客を大事に思うこころ。長男は味も信念も継承している。

温故知新

冬の訪れにあわせて、押し入れの奥から毎年取り出す品がふたつある。

湯たんぽと湯たんぽ靴《ぐつ》だ。

どちらも熱源は沸《わ》かした湯なので、すこぶる優《やさ》しい温かさだ。

湯たんぽ靴はウエットスーツを思わせるゴム素材の製品。湯をたっぷり注《そそ》ぎ入れると、靴がふくよかに膨《ふく》らむ。素足《すあし》をいれるよりは厚手の靴下履《ば》きのほうが、温かさが和《やわ》らぐ感じだ。

エアコンで部屋全体を暖めたり、床暖房をオンにしたりすると、歳《とし》のせいなのか、空気の乾燥で身体《からだ》の乾きを痛感してしまう。

原稿執筆時、湯たんぽ靴さえ履けばヒーターは無用だ。

一回の湯で、半日近くも温かさが持続する優《すぐ》れモノだ。

湯たんぽは昔ながらの陶器製品で、見慣れたあの形である。

いまさら使い方を書くまでもないだろう。就寝前に布団《ふとん》に押し込んだ湯たんぽは、朝の起床時まで足裏をじんわりと温めてくれる。

湯たんぽの温かさは我がこども時分、昭和三十年代の記憶を呼び覚《さ》ましてくれる。

あの当時、湯沸かしはこどもの仕事だった。都市ガスの配管がなかった高知市内では、七輪《しちりん》の火《ひ》熾《おこ》しから始まった。

赤貧《せきひん》家庭で使える燃料は、安い楢炭《ならずみ》だ。粉まみれの炭を七輪にくべて、うちわであおいだ。

バチバチッと火の粉《こ》が飛び散った。暗い土間に舞う楢炭の火の粉である。

こどもは火の用心も忘れて、真冬のホタルに見入ったものだ。

沸いた湯を注《つ》ぎ、湯たんぽを厚手の布袋に納めて、布団に差し入れるのは母だった。

自分で沸かした湯なのに、布団には母のぬくもりが充《み》ちていると感じたものだ。

朝はまだぬるさの残っている湯を、洗面器に注いだ。

流し場のガラスには氷の結晶が貼り付いている厳寒である。吐《は》く息まで凍《こご》えていた朝、湯たんぽから注いだ湯の、なんと優しく温かだったことか。

湯はたやすく手に入る当節だ。しかし湯たんぽから取り出す朝のぬるま湯は、いまだ値千金《あたいせんきん》と感じている。

＊

松山市（愛媛県）内には、いまも路面電車が走っている。朝の通勤・通学ラッシュ時は、吊革《つりかわ》に空《あ》きがないほどの混雑ぶりだ。この町でも、路面電車はいまも市民の足となっているようだ。

道後《どうご》温泉の朝湯に浸《つ》かりたくて、カミさんと電車に乗った。おとな料金百六十円（二〇一六年十二月現在）は後払いの、ワンマンカーである。

仕切りなしの運転席の後ろに立ち、前方を眺めていた。

運転手は「青信号、よし」「前方、横断するクルマあり」などと、声に出した。そして指差し確認をしながら運転を続けた。

胸元のピンマイクを通じて、運転手の声が車内に流れる。確かな運転ぶりを聞くことで、乗客は安心して乗っていられる。

不意に路面の線路を横切ってきた不埒《ふらち》なクルマにも、運転手は落ち着いた動きで対処した。

声に出して指差し確認を続けることの、成果のあらわれだろう。背筋の伸びた立ち姿は、自信と誇り、さらにはゆとりが支えているに違いない。

＊

多種多様な暖房器具が、世にあふれている昨今である。

電気やガスを使う器具なら、スイッチを入れるだけで作動する。温まるのも素早い。

相変わらず湯沸かしから始める湯たんぽは、時代後《おく》れに思えるかもしれない。

交通渋滞の元凶《げんきょう》だと言われて、多くの路面電車が撤廃された。クルマが路面の主役となって、すでに久しい。

しかし行政と住民の双方が理解しあうことで、いまも路面電車が健在である町が幾《いく》つもある。

湯たんぽも路面電車も、廃《すた》らせずに長く使いこなすには努力、いや愛情が欠かせないだろう。

享受《きょうじゅ》できる恩恵は甘露《かんろ》だ。

温故知新。

湯たんぽのぬくもりには愛があると、書きつつ再認識した。

象も歩いた道

伝統を守り遺《のこ》したい……。

口で言ったり、紙に書いたりするのはたやすい。しかし、遺すことと真正面から向き合うには、堅固《けんご》な意志がいる。相応の人手も欠かせない。

そしてなにより、カネもいる。

*

小倉《こくら》（福岡県北九州市）から長崎まで、二百二十キロ余りの長崎街道。江戸時代にはデジマに荷揚げした物資は陸路小倉に向かい、江戸に運ばれた。

徳川政権の交通政策の基本は「ものは水を」「ひとは陸を」である。

物資輸送には船を用いた。

宝暦《ほうれき》時代（一七五一～六四）までの大型貨物船といえば五百石船《ごひゃっこくぶね》だ。腕利《うでき》きの船乗り六～八人で、一度に五十トン近い積み荷を運んだ。

ところがデジマに荷揚げされた産物は海を使わず、小倉までは長崎街道を使って運んだ。

海の難所、玄界灘《げんかいなだ》が立ちはだかっていたからだ。

デジマに荷揚げされる物資はオランダ船か中国ジャンク船のいずれかが運んできた。

一枚帆の中国ジャンク船の入港回数は、多いときは一年に十回を数えた。

喫水《きっすい》が浅いことで、ジャンク船はデジマの桟橋《さんばし》に直接横付けできた。荷揚げも容易だった。

三本マストのオランダ船は排水量二百トンを超えた。沖合に投錨《とうびょう》させ、日本人が櫓《ろ》を漕《こ》ぐはしけを使って荷揚げした。

雨天時は、荷揚げは中止された。重要な輸入産物の砂糖は、わずかな雨でも溶け出る恐れがあった。

絹織物、生糸《きいと》、毛皮、乾燥薬種《やくしゅ》なども雨を嫌《きら》った。海水などを浴びぬよう気遣いつつ、晴天日を待って荷揚げが行われた。

多くの輸入品は将軍家お膝元《ひざもと》の江戸に運ばれた。玄界灘を恐れたがゆえに、小倉までは陸送で。

将軍家御用達《ごようたし》の荷物である。玄界灘通過を引き受ける廻漕《かいそう》業者など、皆無《かいむ》だった。

小倉まで運んだあとは、穏やかな瀬戸内海が利用できた。

積み荷に限らず参勤交代で江戸に出府《しゅっぷ》する藩主、江戸から長崎に赴任《ふにん》する長崎奉《ぶ》行《ぎょう》、将軍拝謁《はいえつ》に臨むオランダ商館長カピタンも、小倉まで（もしくは小倉から）は陸路を進んでいた。

長崎街道は小倉まで二十五宿（途中に分岐《ぶんき》もあり、通るのは二十三宿）あった。山裾《やますそ》を迂回《うかい》したりせず、可能な限り直線で結ぶため峠《とうげ》越え・山越えの道を造った。

長崎からの第一宿は日見《ひみ》宿だ。旅立ち早々の峠越えを果たした旅人が、安堵《あんど》の息継ぎをした。

長崎からの第五宿（小倉からは第十九宿）が松原《まつばら》宿である。手前の大村《おおむら》宿と先の彼《その》杵《ぎ》宿に挟まれた、海辺の小さな宿場だ。

全長六百四十メートルほどの細道が、当時の宿場規模を示していた。

中央部近くには木造二階家の松屋旅館があった（一九六〇年代まで営業）。

街道の両側に並ぶ建家《たてや》の大半が新しい個人住居だけに、松屋旅館の存在感は際立《きわだ》っていた。

通りかかったのは、日曜日の午前十一時過ぎ。旅籠《はたご》の前には「朝市」の看板が出ていた。

佇《たたず》まいに惹《ひ》かれたカミさんはレンタカーを停《と》めた。いそいそと松屋旅館に向かったが、朝市はすでに終わっていた。

旅籠の土間ではスタッフが売り上げの計算を進めていた。

そのだれもが五十代以上にしか見えない。身分を明かして取材をお願いしたら、快《こころよ》く松屋旅館の由来を話してくれた。

「全員がこの町の住民で、宿場を保存する会の会員です」

松屋旅館と宿場を守るために、会員たちは費用を出し合い、保存活動を続けておられた。

松原宿の案内パンフレットも、会員の拠出金で作っていた。

朝市の収益も活動費に充当するという。

「松屋旅館が取り壊されたら、松原宿もなくなってしまいます。遺《のこ》すには力とおカネが必要です」

その物言いに気負いがなかっただけに、会員各位が流されている汗のほどが伝わってきた。

八代将軍吉宗《よしむね》の時代には、デジマに渡来した象が、旅籠の前を歩いて小倉に向かった。

鈴なりの見物人で、二階広間の畳はへこんだに違いない。

落とす覚悟

一九三五年（昭和十）の年頭に、第一回直木三十五《さんじゆうご》賞と芥川龍之介《あくたがわりゆうのすけ》賞の選考会が催《もよお》された。

友人二名の名を冠した文学賞の制定を発表したとき、菊池寛《かん》は次の二点を強調した。

①選考は絶対公平であること。

②賞を継続させること。

これら二項目を実践するため、菊池寛は次の手段を講じた。

絶対公平な選考のために、選考委員の人数を多くした。多数派工作を排除し、多様な評価眼の導入が目的である。

第一回直木三十五賞の選考委員は大佛《おさらぎ》次郎三十七歳、吉川英治四十二歳、久米《くめ》正雄四十三歳、小島政二郎《まさじろう》四十一歳、三上於菟吉《おときち》四十四歳、佐佐木茂索《もさく》四十歳、白井喬《きょう》二《じ》四十五歳、菊池寛四十六歳の合計八名だった。

　この面々が、当時三十五歳の川口松太郎を受賞者に選出した。

　選考委員八名も受賞者も、全員が明治生まれの現役作家だ。

絶対公平を宣言した菊池寛の理念通り、選考会は紛糾《ふんきゅう》した。主宰者である菊池寛当人が、川口への授賞を渋っている。

「外《ほか》に人がないので止《や》むを得なかった（中略）川口君にやらないとすれば、授賞を取り止める外はなかったのだ（後略）」

　まことに厳しい選評である。

　授賞を推《お》したひとりである大佛次郎氏は「川口君が明治初期を舞台にして大衆文芸に新しい局面を展《ひら》いた手柄を買うことに成ったわけである」としている。

　選考委員の間で激論が交わされる伝統は、その後もいまも続いている。

池波正太郎氏が候補に挙がるたびに、海音寺潮五郎《ちょうごろう》氏は常に授賞に反対した。

池波氏の受賞が決定した選考会でも、姿勢は変わらなかった。

「今のところ、ぼくはこの人の小説家としての才能を買っていない」

『オール讀物』昭和三十五年十月号に、この選評が寄稿されている。

ある選考会では候補作六作のうち三作が同点となった。困り果てた選考委員長は、日本文学振興会（直木賞主宰団体）理事長に、三作授賞を願い出た。

二作授賞は何度もあったが、三作は前例がなかった。

理事長は言下《げんか》に撥《は》ね付けた。

「候補作六作から三作に賞を与えては、それはもはや選考ではなく、馴《な》れ合いです」

その程度の選考しかできないなら、該当作なしで結構ですと、委員長に申し渡した。

理事長の意向を汲《く》み、委員たちは再度激論を闘わせた。が、結果は変わらず、この回は「該当作なし」となった。

＊

賞の継続を担保するために、菊池寛は賞金を五百円とした。昭和十年当時の五百円は、現在の賞金百万円とほぼ同価値だ。

「五百円なら、会社（文藝春秋）の業績が芳《かんば》しくなくなっても継続はできる」

多額の賞金が足かせにならぬようにと、菊池寛は考えていた。

かつてバブル全盛期の我が国では、千万円単位の高額賞金を謳《うた》ったコンテストが多数あった。

バブル崩壊で大半が消滅した。

友人の名を冠した文学賞である。経済的理由での消滅を危惧《きぐ》した菊池寛は、賞金を抑えた。

その代わり受賞者は文藝春秋が責任をもって作家に育てることを宣言した。

直木賞・芥川賞を創設した菊池寛の理念は、いささかも褪《あ》せることなく引き継がれている。

*

映画界最大のイベント「アカデミー賞」で、今年（二〇一七年）は前代未聞の椿事《ちんじ》が勃発《ぼっぱつ》した。

「作品賞」が他の候補作に間違えて授与されてしまったのだ。

しかしこの一件は、はからずも同賞の「絶対公平性」を世界中に知らしめた。

各種受賞者（作）は、集計に携《たずさ》わった二名だけが知っている。この仕組みが正しく機能していたからこそ、あの椿事を惹起《じやっき》してしまったのだ。

選考とは賞を出すことではないと、経験から確信している。

この候補作はまだ賞には届かずと、誇りに賭《か》けて断ずること。

賞の決定は、選考委員の見識と覚悟を問われる怖《こわ》い仕事だ。

いいにおいだね！

高知と東京とでは、銭湯の作法がまるで違っていた。思い知ったのは一九六二年（昭和三十七）五月下旬のことだった。

あの時代の高知では、内湯のある家はきわめて限られていた。それゆえ銭湯は、各町に一軒はあるという盛況ぶりだった。

造りはどこの湯も同じで、湯殿の真ん中に大きな湯船がどんっと据《す》わっていた。身体《からだ》を洗うときは、湯船を取り囲んだ。客が浸《つ》かっている湯を手桶《ておけ》に汲《く》み、石鹸《せっけん》を流した。

洗い場にはカランもあったが、大半の客は湯船の湯を使った。

上京後の銭湯初体験は、渋谷区富ヶ谷《とみがや》の八幡湯《はちまんゆ》だった。住み込みを始めた新聞専売所のケイちゃんに連れていかれた。

あのころは渋谷区でも、内湯事情は高知と大差なかったと思う。代々木八幡《よよぎはちまん》駅のすぐ近くに、銭湯があったほどだ。

脱衣場も高知で見慣れていた造りだ。籐《とう》の脱衣籠《だついかご》が、カイコ棚《だな》にびっしりと並んでいた。

帆掛け船が描かれた壁にくっついて、湯船が設けられていた。

タイル張りの湯船は高知ほど大きくはなく、取り囲んでいる入浴客は皆無《かいむ》だった。

カランのある洗い場には何人もいたが、わたしは腰掛けと手桶を持って湯船のそばに座した。

手桶にたっぷり湯を汲んで、あたまからかぶった。

「なにやってんだよ」

まだ湯船の内にいたケイちゃんが、声を尖《とが》らせた。が、構わず石鹸であたまを洗い始めた。

シャンプーではなく、石鹸で洗う時代だった。さほど泡立ってはいないあたまに何杯も湯をかけて、石鹸を流した。

洗い終わったわたしに、ケイちゃんが呆《あき》れ顔を向けた。

「あんさん、西のひとやろ?」

湯船から声をかけたひとは、白髪《しらが》交じりの角刈《かくが》りだった。

「西と江戸とは作法が違うさかい、はよ慣れたほうがええで」

笑《え》みをくれて立ち上がった身体には、見事な彫り物があった。

八幡湯の外の軒下には、物売り屋台が出ていた。初めての五月下旬のときは、大きな水桶にラムネ瓶が浮いていた。

六月には焼きトウモロコシを売っていた。九月の代々木八幡例大祭が近づくと、蒸《せい》籠《ろう》で蒸したエンドウ豆が買えた。

真冬は磯辺巻《いそべまき》だった。

鉄板から漂《ただよ》い出る醤油《しょうゆ》の香《こう》ばしさに惹《ひ》かれて、毎度のように一個十円の磯辺巻を買った。

季節の移ろいを屋台が教えてくれた昭和三十年代だった。

*

都内には意外なことに、多数の天然温泉銭湯がある。

墨田区石原三丁目の御谷湯《みこくゆ》は、大のお気に入りのお湯屋さんだ。

番台は二階。湯銭を払い、エレベーターで五階もしくは四階に上がる。

男湯・女湯が週替わりでフロアを上下する仕組みだ。以前は平屋だったが建て替えて、五階建てビルの銭湯となった。

湯船の縁《へり》には檜《ひのき》が使われている。ぬるくて真っ黒な天然温泉は、時間を考えることなく長湯を楽しめる。

露天風呂に浸かっていると、食欲を刺激する香りを感ずることもある。

銭湯近所の飲食店から漂い出た、美味《うま》さに充《み》ちた香りだ。

日曜日の夕暮れどき。御谷湯玄関先の腰掛けに座して、シューズの紐《ひも》を結んでいたら……、

「おかあさん、いいにおいだね！」

女の子が声を弾《はず》ませて、母親の手を強く握った。

その子は鼻をひくひくさせた。

銭湯の隣は、町場のうなぎ屋さんだ。ガラス戸が半開きになった調理場からは、空腹を鷲《わし》づかみにする、あの蒲焼きの煙が漂い出ていた。

年季の入った秘伝のたれは、香ばしさのなかに、美味さがぎっしりと詰まっている。

母親に呼びかけた弾んだ声には、食べたいと言いたくても言い出せない切ない思いが凝縮《ぎょうしゅく》されている。

秘めたるこどもの思いにからめ取られた。

時代が移り変わろうとも、銭湯の湯は身体にはご馳走だ。

漂う香りに惹かれるのも絶品。

初荷に添えた七福神

「初めて隅田川七福神巡《めぐ》りに連れていかれたのは、九歳か十歳の元日だったと思います」

有二郎《ゆうじろう》さんからこれを聞かされたのは、二〇一五年十二月下旬、忘年会の席だった。

下町に多くの顧客《こきゃく》を持つ油問屋《あぶらどんや》が、彼の生家である。

「初荷に添える縁起物として、七福神をお得意先に配ろう」

親父《おやじ》さんは、思い立ったことを直《ただ》ちに実行する気性だった。

「あのころ（昭和三十二～三十三年）のお得意先は下町の油問屋さんや料亭が多かったものですから」

隅田川七福神の話も、得意先から聞かされたらしい。

元日を屠蘇《とそ》と正月膳で祝ったあと、両親、従業員と連れ立って、墨田区向島《むこうじま》の三囲《みめぐり》神社に向かった。

恵比寿天《えびすてん》と大黒天《だいこくてん》の御分体《ごぶんたい》を授かるのが、有二郎さんの七福神巡りの始まりだった。

「御分体二体と、七福神が乗っている帆掛け船を授かりました」

三囲神社の二体は、恵比寿天と大黒天である。

左手には鯛《たい》を、右手には釣り竿《つざお》を持つ恵比寿天は、漁業の神とされている。

七福神のなかで唯一《ゆいいつ》、日本の神様で、商売繁盛《はんじょう》も司《つかさど》る。

大黒天はインドのヒンドゥー教シヴァ神の化身といわれる。

大地（農業）を掌握する神で、五穀豊穣《ごこくほうじょう》と福徳開運とを司る。

「向島といえば料亭と返ってきた時代でしたから、神社につながる通りに面した店は、どこの正月飾りも豪勢でした」

有二郎少年が次に向かったのは弘福寺。向島五丁目のこの寺では、布袋尊《ほていそん》を授かった。

弥勒菩薩《みろくぼさつ》の化身《けしん》とされる布袋尊は、常に笑顔でおいでだ。

笑門来福、夫婦円満、子宝が授かる神として信仰が篤《あつ》い。

「弁財天《べんざいてん》を授かる次の長命寺《ちょうめいじ》は、こどもには楽しみなお寺でした」

有二郎さんの顔がほころんだ。

長命寺は江戸時代から「桜餅《さくらもち》」の寺として名を知られている。

塩漬けされた桜葉で包んだ餅は、葉の塩味が餡《あん》の甘味を際立《きわだ》たせてくれる銘菓だ。

「歩き通してきたことで、酒好きにも美味《うま》かったんでしょうね」

親父さんが手に持った湯呑《ゆの》みを、有二郎さんは覚えていた。

弁財天は、七福神中の紅一点《こういってん》である。音楽・弁才・財福などを司る女神だ。

初荷の配達先は下町が中心で、油問屋や老舗《しにせ》料亭など、大口顧客が十数軒もあったという。

お客様の繁盛を願いつつ、帆掛け船と御分体七体をセットにして届けるのだ。

「正月の縁起物ですから、親父もおふくろも穢《けが》さぬようにと、茶店で休んでいるときも御分体を気遣っていました」

長命寺までで四体を授かっていた。桜餅のあと、いま一度気を引き締めて後半に臨んだ。

向島百花園では福禄寿《ふくろくじゅ》を、すぐ近くの白鬚《しらひげ》神社では寿老神《じゅろうじん》をそれぞれ授かった。

福禄寿は長寿の神様で、信ずる者には福禄をもたらすという。

寿老神は福禄寿と同一の神ともいわれており、そのお姿から白鬚明神とも呼ばれる。

「白鬚神社のあとは、七福神巡りの締め括《くく》りです」

毘沙門天《びしゃもんてん》を授かる、墨田区墨田五丁目の多聞寺《たもんじ》である。

「白鬚神社を出たあと、こどもにはいつ着くのだろうと思えるほど離れていました」

毘沙門天は四天王《してんのう》の一神で、多聞天とも称される。

七福神中、唯一武将の姿をしており、足の下には邪鬼《じゃき》を踏みつけている。融通招福の神だ。

＊

有二郎さんと同い年のわたしは、こども時分に見た初荷を鮮明に覚えている。

オート三輪やリヤカーに積まれた商品。白地に赤文字で「初荷」と描かれたのぼりが、荷台で初春の風になびいていた。

三が日明けに「初荷のぼり」を立てて、正月飾りの町を走り抜けるクルマ。ひと目見ただれもが縁起のよさを感じた。

有二郎さんの生家も他の多くの問屋さんも、顧客の繁盛を運び入れる初荷のために、元日から働いていた。

新春を正味で壽《ことほ》ぐには、相応の手間と足の運びがいる。

可愛い子には旅をさせよ

親しい友人一家が、二〇一九年一月四日から家族旅行に出た。数日続けて休んだことのないご主人の、勤続三十年リフレッシュ休暇である。年始早々なら、業務に障《さわ》りは少ないと思われたのかもしれない。

三日間の旅で、初日は松本市（長野県）。古城などを見物し、二泊目の別所《べっしょ》温泉へ。ご夫妻に、長女清佳《さやか》さん（大一）、次女萌佳《もえか》さん（高一）の四人旅だ。

正月三が日明けの家族旅行が、奥さんの清子《きよこ》さんにはことさら思い出深いものとなったようだ。

「清佳がこどものころは母子《おやこ》三人でお風呂に浸《つ》かりました」

小さなころは娘と一緒の風呂を、当たり前だと思っていた。ところが小学生ごろからは、入浴が別々になってしまった。

それを受け入れて、長い時間が過ぎた今年。別所温泉で娘ふたりと温泉に浸かることができた。

「雪の花びらが舞う、風情《ふぜい》ある真冬のお風呂でした」

こんな日がまた来るなんてと、清子さんは旅を計画してくれたご主人に、深く感謝したそうだ。

なんとも微笑《ほほえ》ましい旅情豊かな話だが、帰りの上田駅待合室での出来事で、新たな章が始まった。

東京行きの北陸新幹線を、待合室で待っていたとき。

隣に祖母と孫（女の子）とおぼしきふたりが座った。

家族連れだと安心したのか、祖母が清子さんに頼みごとをした。

「この子は大宮下車です。近くなったら、教えてください」と。

上田駅の駅員は、新幹線の乗務員にも通報してくれているとのこと。

この子の親が大宮に迎えに出ているから……祖母が話すことを、その子は脇に立って聞いていた。

髪は後ろでひとつに束《たば》ねており、ダウンジャケットの下にはポシェットを斜めがけにしている。さらにリュックも背負っていた。

到着した列車の乗務員は、駅員の通報を受けていた。女の子を座席（三人席の窓側）に案内し、隣の乗客に頼みごとを始めた。

清子さんたちは、その子から数列前方だった。清佳さんと清子さんは振り返って一部始終を見届けていた。

乗務員が離れたとき、清佳さんは清子さんの耳元で見当を聞かせた。

「あのアジア人の方たち、頼まれたことをわかってないと思う」

おかあさん、あの子のことを気にしてあげていて、と結んだ。

清佳さんの言う通りだった。イヤホンを両耳に差し込んだ若いカップルからは、女の子を気にかけている様子は見えなかった。

それどころか壁際《かべぎわ》のコンセントから電源を引いていた。女の子の足元をケーブルが這《は》っている。

女の子は席を立つのも、容易ではなさそうだ。

リュックは下ろしていた。が、ヒーターの効《き》いた車内なのに、ダウンジャケットは脱がず、ポシェットもかけたまま真っ赤な顔で固くなって座っていた。

何度もその子の様子を気にしていた清佳さんは、大宮到着の三十分ほど前に、また清子さんに話しかけた。

「奥の席だと出づらいから、トイレは大丈夫かと訊《たず》ねてあげて」

ご一家は何度も父の郷里・山口まで旅をしていた。その折は、姉が妹をトイレまで連れていっていた。

「わかった。あの子に訊《き》いてみる」

席を立とうとした清子さんに、清佳さんはさらに続けた。

「トイレの前で、あの子が出てくるまで待っていてあげて」

出たあと、自分の席がどこなのかわからなくなるかもしれない。外で待っていて、連れて帰ってきてあげて、と付け加えた。

母の知らぬところで、姉は妹を相手に貴重な経験を積んでいた。

娘の指図に従い、清子さんはその子に用足しをさせた。

大宮では無事に親が出迎えた。下車後その子は親に次第を話し、はにかんだ顔を向けたという。

＊

近ごろ、「格差社会」とよく耳にする。その大半は貧富の格差を指しているようだが、留意すべきは「教養、人間力の格差」ではなかろうか。

子は親を見て育つ。そして親の知らぬところ・親が気づかぬところで、数々の経験を積む。

ときには親を驚かせる。

可愛《かわい》い子には旅をさせよ。

子から教わる親は至福だ。

日本とアメリカ——比べてみれば

純白の制服

一九六六年（昭和四十一）九月。同年三月に都立工業高校を卒業していたわたしは、旅行会社に中途採用された。

高度経済成長の黎明期《れいめいき》で、研修よりも現場で鍛《きた》えよの時代だった。三日間、本社ビル会議室で業務知識のあらすじだけ教わり、四日目には有楽町営業所に配属された。

十八歳の新入社員より、旅好きの来店客のほうが旅の知識は豊かだ。お客様の問いが理解できず、いい加減な返答を口にしたとき、

「わたしが応対させていただきます」

怖《こわ》い先輩があとを引き継いだ。お客様が帰られたあと、先輩にこっぴどく叱《しか》られた。

「入社早々のおまえをカウンターに立たせたのは会社がわるい」

しかし、あとがよくない。

わからなければお客様に断り、他の社員と交代しろ、と。

「カウンターの内側に立って会社の制服を着ていたら、お客様はおまえを旅のプロだと思う。それを肝《きも》に銘じておけ」

きつく戒《いまし》められたあの日から、四十七年が過ぎた今年の夏。

避暑地であの言葉を思い出した。

*

米国ロードアイランド州ニューポート。黒船四杯の艦隊を率いて浦賀に襲来《しゅうらい》したマシュー・ペリー提督生誕の地である。

二〇一三年七月十八日木曜日に、同地をペリー取材のために訪れた。事前に客室探しをしたのは、この年三月だった。

ところがその時点でホテルは満室。民宿のB&B（宿泊と朝食のみを提供する施設）を手配せざるを得なかった。

到着したのは午後三時過ぎ。ここには一泊するだけである。

原稿書き用のパソコンなど、入り用な荷物だけ解《と》き、宿を出た。

石畳と街路樹が調和した住宅地は、十九世紀を偲《しの》ばせるニューイングランド風木造家屋だけである。

住宅地に隣接して建つホテルも、造りは同じだ。鉄筋ビルではなく、大型の木造建築に留《とど》まっていた。

一九四八年（昭和二十三）生まれのわたしは、ニューポートと聞けば『真夏の夜のジャズ』に直結する。

映画のタイトルバックに流れた『トレイン&ザ・リバー』をイヤホンで聴きながら、港町を歩いた。

ペリー提督は、ニューポートの海軍士官学校卒だ。

いまも海軍大学校などの士官養成施設がこの地にある。木曜日の夕暮れ前に散歩したときには、男女学生の姿を多数見かけた。

ニューポートは高緯度の港町。

午後六時を過ぎても、陽《ひ》を浴びた灯台は岩場に濃い影を描いている。夕暮れどきと呼ぶには、西日の位置は高すぎた。

ひとまず宿に戻り、ジャケットを羽織《はお》って出直した。

腕時計は午後八時を示しているのに、夕日は沈んではいなかった。

制服姿の士官候補生たちの姿も、まったく減ってはいない。それどころか、増えているると感じた。


いると感じた。

男子学生は白靴に白ズボン、金モール肩章のついた半袖シャツ、そして制帽である。

女子学生も制服は同じだが、制帽には男子のような長いつばがついていなかった。

特筆すべきは、町を歩く学生の姿勢のよきことである。

ビシッと背筋が伸びており、友人や恋人、家族を伴って歩いていても、目は前方を見ている。

ゆえに視線が下がらず、背筋も伸びたままで歩けるのだ。

糊《のり》とプレスの利《き》いた制服は、午後八時を過ぎてもまったくよれてはいない。

もはや巣に帰る刻限を過ぎているだろうに、暮れなずむ空には無数のカモメが舞っていた。

巣に帰る門限というなら士官候補生たちも同じだろうに。

ボードウォーク沿いの屋外レストランには、空席待ちの学生たちが連れと一緒に何組も並んでいた。

「門限はないのですか?」

家族と一緒の学生に尋ねた。

「明日の十八時まで、一泊の外泊許可が出ています」

サウス・カロライナ州から出向いてきた両親・弟と一緒に、港町のホテルに泊まるのが楽しみだと。

説明している息子を、母親は誇らしげな目で見詰めていた。

「よく似合っていますね」

彼の顔が大きくほころんだ。

「制服に恥じることをするなと、教官にいつも言われています」

着用したあとは、誇りと責任感を背筋に通して、やがては任務に就《つ》くのだろう。

だれしもがじつは、人目にさらされている制服を着ている。

制服に恥じぬ生き方をしているかと、潮《しお》香る町で自問させられた。

滋味ふたつ

一日の始まりと締めくくりの両方が満たされたなら、旅はすこぶる快適なものとなるだろう。

まずは朝メシだ。

ホテルの醍醐味《だいごみ》は朝食にあり、と思っている。

ガラス窓越しに差し込む、柔らかな朝の光。純白のテーブルクロスと銀色のカトラリーセットが、眩《まぶ》しさを競い合うような席。

メニューを目で追い、料理の味を想像するのは極上のぜいたくだ。

成人した年の六月以来、いまだスクランブルエッグに夢中である。

旅行会社入社二年目だった、一九六八年（昭和四十三）六月。

「この添乗《てんじょう》はおまえの成人祝いだ」

先輩の計らいで、ハワイ旅行の末席サブ添乗員に起用された。

十日間の日程で、オアフ・ハワイ・マウイ・カウアイの四島を巡《めぐ》り、どの島にも宿泊した。

食事は全行程三食つきの時代だ。

ハワイ島での朝食は、野鳥が遊ぶガーデン・レストラン。添乗員にもお客様と同じ料理が供された。

テーブルにまで吹く風は、濃い湖《しお》の香に満ちている。

分厚《ぶあつ》い皿には、ホテルのエンブレムが金色で描かれていた。

トーストを下敷きにしたスクランブルエッグが、黄金色に見えた。

パンにタマゴを載せたままカットし、口に運べと教わった。

呑《の》み込むのを惜《お》しく感じた、スクランブルエッグ事始めだった。

*

外国で食べるスクランブルエッグは、薄焼きタマゴかと言いたくなる、乾いたものが多い。

日本は違う。

フォークですくったひと口は、黄身・バター・クリームが奏《かな》でる調和の至芸だ。

互いに相手を引き立てつつも、深いところで自分の美味《うま》さも訴えかけている。

謙譲《けんじょう》を美徳とする日本固有の味。これぞ滋味《じみ》だと言いたい。

それにつけても。

朝食はバフェ（ビュッフェ）のみというホテルが多くなってきたのは、なんとも惜しい。哀《かな》しい。

苦手ゆえ、そんなときは宿を出て町の喫茶店に向かう。

個人経営の喫茶店でモーニングセットを味わうのも、旅の朝ならではの楽しみだから。

町歩きで探すのは、二十代の出勤前に毎日立ち寄ったような店だ。

あのころは、喫茶店のモーニングから一日が始まった。

一枚を斜め切りにした二切れのトーストに、ゆで卵がひとつ。これが多くの喫茶店の定番だった。

通勤電車で吸えなかった分を、取り戻す勢いで吹かした煙草《タバコ》。

ひいきチームがふがいなき敗戦を喫した翌朝は、一服も苦《にが》かった。

一週間が始まる月曜日の朝は、いつもより二十分は早く店に入った。

プロ野球に大相撲・競馬・ゴルフなどが重なり、話題が何倍にも膨《ふく》らんでいた。

思えば月曜日の朝の店はコーヒーの香りも、いつも以上に濃く漂《ただよ》っていた。

バターナイフをカリカリいわせて、マスターが仕上げたトースト。

Gファンを隠さぬマスターはモーニング作りの手を止めず、前夜の名場面を何度でも振り返った。

あの朝のコーヒーの、なんと美味かったことか！

東京ではほとんど、この手の店を見ることがなくなった。

旅先で、美味いモーニングに出合えた朝に感ずる僥倖《ぎょうこう》。

ホテルでいただくスクランブルエッグの朝食とはまた別の、舌とこころに残る悦《よろこ》びである。

＊

投宿先でも原稿を書いている。

二十一時を過ぎたら、なんとしても区切りをつけて町に出る。

お目当ては銭湯だ。

JR大分《おおいた》駅の近くで見つけた湯は、なんと「あたみ温泉」。

仕事で大分に三泊した折、毎晩この銭湯に通った。

二日目の夜、男湯はわたしだけで、女湯も家内ひとり。存分に手足を伸ばして湯船を出た。

借りたタオルを返そうとしたが、番台に姿はなかった。

七十代半ばに思えたおかみさんは、店の外にいた。

「そろそろ、あのあたりに若田（光一）さんが回ってくるはず」

パソコンを操作し、WEBで、彼女は宇宙船情報を入手していた。

身体《からだ》の芯《しん》までほぐされた、まさに名湯あたみ温泉。

番台から出て、夜空を見詰めるこころの豊かさが、ここを滋味深い湯に仕上げているに違いない。

見えずとも

米国の南北戦争（一八六一年四月～六五年四月）後は、後世に残る発明が数多く生まれた。

ニューヨークのマンハッタンは、全体が硬い岩盤である。堅固《けんご》な地盤は高層建築に最適だった。

一八八九年にオーチス社が世界で初めて、電動エレベーターをマンハッタンのビルに設置した。

垂直移動の確実な手段が得られたことで、マンハッタンは摩天楼《まてんろう》建設ラッシュへと突入した。

町の発展に呼応するかの如《ごと》く、ひとの暮らしも快適さを増した。

手元にある一八九五年版のメールオーダー・カタログ（復刻版）は六百八十ページ

の分厚《ぶあつ》さだ。

この年の米国ではすでに、精密なエッチング図つきの商品が一万点以上も掲載されていた。

ジョージ・イーストマン発明のロール・フィルムが普及したことで、十九世紀末期はモノを写真で見られる社会が到来していた。

そんな時代だった一八九七年九月のある日。ニューヨークの新聞『ザ・サン』に一通の手紙が届いた。

差出人はマンハッタン九十五丁目に住む八歳の少女である。

「友だちのなかにはサンタクロースなんていないと言う子もいます。パパは『ザ・サン』にきいてごらんと言いました。本当のことを教えてください、サンタクロースはいますか?」

末尾にはバージニア・オハンロンの署名と、住所が記されていた。

編集長はこの手紙の扱いを社説担当の副編集長フランシス・チャーチに委《ゆだ》ねた。

当時五十八歳だったチャーチは、敏腕《びんわん》記者として名を知られていた。

前職の『ニューヨーク・タイムズ』紙時代にはまだ二十代半ばの若さで南北戦争の

従軍記者を務めた。

その後も軍とは良好な関係を保ち、陸・海軍に多数の知己《ちき》を持つ軍事ジャーナリストでもあった。

現実直視こそが信条とも思えるチャーチである。

社会はといえば写真や電信、電力が、マンハッタンのような都会生活に浸透し始めていた。

そんな時代にあって、チャーチが書いた八歳少女への返信は、

「バージニア、あなたのお友だちは間違っています」

チャーチはこう断言したあと、当時の世相に言及した。

「そのひとたちは何もかも疑ってかかる最近の風潮に毒されています。自分の目で見たものしか信じないのです」

サンタクロースを見た者が皆無《かいむ》でも、それがサンタクロースはいないという証明にはならない。

信じるこころ。想像力。詩ごころ。愛。夢見るこころ。

これらを持つ者だけが、目には見えないものを見るためのカーテンを開くことがで

きる。

「サンタクロースはいます。この先、一万年の十倍先まで、サンタクロースはこどものこころに喜びをもたらしてくれるでしょう」

チャーチの返信が『ザ・サン』に掲載されるや、凄《すさ》まじい反響を呼び起こした。一九五〇年に『ザ・サン』が発行停止するまで、五十余年もの間、クリスマスの時季になればこの返信が掲載され続けたという。

＊

クリスマスの飾りには、枝に雪をかぶった樅《もみ》ノ木が欠かせない。

宮城県柴田郡柴田町の船岡城址公園には、樹齢百五十年を数える樅ノ木が植わっている。

あの『樅ノ木は残った』を著される前、山本周五郎さんはこの公園を訪れていた。

そして当時からすでに空に向かって真《ま》っ直《す》ぐに伸びていた木に、深い感銘を覚えられたようだ。

「この樅ノ木は……」

作中の原田甲斐《かい》に、周五郎さんはおよそ次のようなセリフを言わせている（中略、意訳は筆者）。

「あの木は親や兄弟と離されて、たったひとりでここに来た。それでも雨にも雪にもくじけず、真っ直ぐに育っている」と。

何を見ていても何も語らず、空を目指して梢《こずえ》を伸ばす樅ノ木。

遠目にはクリスマスツリーもかくやの、どっしりとした安定感が伝わってくる、見事な枝振りだ。

揺るぎなき古木の姿に、原田甲斐をなぞらえたのだろう。

周五郎さんは、こう描かれた。

逆臣《ぎゃくしん》とそしられた原田甲斐だが、自らの命を賭して口をつぐみ、泥をかぶって果てた男。

見えないものを見るカーテンを開くには、五つのこころが必要だとチャーチは記した。

樅ノ木に原田甲斐を重ね見た周五郎さんもまた、五つすべてをお持ちだったに違いない。

履き物輝けば

かつて地下鉄日比谷《ひびや》駅（東京都）近くにあった三信ビル。

「大理石の階段には三葉虫の化石があるぞ」

先輩と見に行った一九六六年（昭和四十一）十二月の昼休み。二階への階段は、まさに化石だらけだった。

「おまえ、靴《くつ》が汚れている」

前日の雨降りを履《は》き通したスリッポンには、乾いた泥が点々とついていた。

「そこにいる靴磨《みが》きさんに磨いてもらえ」

生まれて初めての靴磨きさん体験は、三信ビル前となった。

丸い腰掛けに座り、磨き台に右足を載《の》せた。

ブラシで汚れを落とすことから磨きは始まった。ブラシのあとは布巾《ふきん》のような布で、靴全体の汚れを払った。

「靴が大事なら、濡《ぬ》れたまま放っておいたら駄目だぜ」

モノを知らない小僧に手入れの手ほどきをしながら、てきぱきと仕事を続けた。

靴墨を塗り、ブラシで磨くと汚れた靴に光沢が戻った。

「ありがとうございます」

嬉《うれ》しくなって礼を言ったら、親爺《おやじ》さんに「まだ終わってない」とたしなめられた。

光っている靴の表面に、小瓶《こびん》に詰めた水のようなものを振りかけた。そして高価なビロード布で仕上げの磨きをかけた。

片方はまだ汚れたままである。

磨き終わったスリッポンは、新品のとき以上にチョコレート色が美しく輝いていた。

同じ手法で左の靴も仕上がった。

冬の陽《ひ》は三信ビルの斜め上から降り注いでいた。ビルの日陰は寒いが、靴磨きさんの場所には柔らかな陽が差していた。

身体《からだ》をぬくもらせてくれた冬日は、磨きの仕上がった靴もよそ行きの顔にしてくれていた。

「八十円だよ」

料金を告げた親爺さんの脇には、釣り銭用の十円玉が重なった空き缶が置かれていた。

昼飯のラーメン一杯分と同額だった。親爺さんから受け取った釣り銭は、陽を浴び続けていたのか温かだった。

「スーツ以上に履き物に気を遣ってこそ、一人前のサラリーマンだ。それを忘れるな」

ピカピカに磨かれた靴を履いていることで、あの日のわたしは胸を張って歩いていた。

*

ニューヨークのマンハッタン五番街と四十二丁目の交差点にはいまも靴磨きさんがいる。

踏み台二段を上り、高い場所に据え付けられた椅子《いす》に座る。

大柄な黒人の靴磨きさんが、背中を曲げずに仕事をする。そのために作られた椅子は、見上げるほど高い場所にある。

椅子に座り、両足を同時に台に載せると仕事が始まった。

大男の親爺さんは両手も飛び切り大きい。その手でガシッと掴《つか》んだ特大のブラシなら、ひとこすりで左右の靴全体が磨けそうに思えた。

遠い昔の三信ビルの親爺さんとは異なり、マンハッタンの仕事ぶりはまことにシンプルだ。

巨大ブラシで数度こすり、汚れを吹き飛ばす。あのブラシで力一杯こすれば、紐《ひも》の奥の汚れもきれいに払われるだろう。

ブラシのあとは靴墨を塗る。布で伸ばすのではなく、歯ブラシ風の靴墨ブラシを使った。

塗り終わったあとは、再び特大ブラシでガシガシと磨く。

五回の往復で、靴には輝きが浮かび上がった。その光り具合を見極めてから、ビロードをキュッ、キュッと鳴かせて仕上がりとなった。

呆気《あっけ》ないほどに簡単で早い。

しかし仕上がりは上々である。

近頃の日本では、めっきり靴磨きさんを見かけなくなった。

マンハッタンでは、堂々とした椅子を構えて健在である。

料金は一足五ドル。

多くの客が十ドル札で払い、ツリはチップとしていた。

「サンキュー、サー」

大柄の男が礼を言い、軽くあたまを下げている。客も靴磨きさんも心付けに慣れている国ならではで、まことに様子がいい。

わたしも真似《まね》をしたくなり、十ドル札を忍ばせて座った。磨き終わったとき、その札を手渡して「ツリはとっておいて」と。

親爺さんの表情が一変した。

「ノー、ここは五ドルだぞ！」

格好をつけたつもりで、一ドル札を渡していた……。

深き薫り

旅行会社入社二年目の夏。

尊敬する先輩がニューヨークに旅立つことになった。現地法人の開設メンバーとして、一カ月間の渡米だった。

空港ビル屋上の送迎デッキから手を振ったら、先輩は立ち止まり手を振り返してくれた。

一九六八年（昭和四十三）当時は世界規模で、搭乗前検査はゆるかった。

予定通り八月中旬に先輩は帰国した。旧盆後の残暑厳しいときに、なんと先輩は濃紺のブレザー着用で出社された。

「おまえもマンハッタンを旅する機会ができたら、ブルックス・ブラザーズを訪ねてみろ」

先輩のブレザーはその店の定番中の定番。夏日を浴びて輝いている濃紺の美しさに、二十歳《はたち》の小僧は見とれていた。

四十七年が過ぎた二〇一五年八月。初めてそこを訪れた。

グランド・セントラル駅に近い、石造りビル。気後《きおく》れせぬよう、腹筋を固くして入店した。

エスカレーターで四階まで。カーペット敷きの階段を上った五階は、まるごとスーツとジャケット売り場だった。

ブレザーを見ていたら、七十代と思える銀髪のスタッフに声をかけられた。

「ダニーです」

名乗った彼に握手を求められた。一見客《いちげん》にもフランクに接してくれた。重厚な雰囲気に気圧《けお》され気味だったのが楽になった。

「サイズはありますか?」

問うたら、ダニーは我が体型を見詰めた。両目と経験をメジャーとして測ったようだ。

バックヤードから戻ってきたとき、三着を提《さ》げていた。

「ジャストサイズはこれだが、ボタンをとめると窮屈になる」

二サイズ大きなジャケットを勧められた。袖《そで》が長すぎたが、前はゆったりしていて楽だ。着心地には大満足である。

袖直しに向かった試着室には、首にメジャーを回した仕立て職人が控えていた。彼も見事な銀髪だった。

袖の長さを調節したあとは、着じわの有無、肩幅の具合など、後ろ姿まで念入りに確かめた。

「一週間後の仕上がりを楽しみに待っていてください」

ダニーも仕立て職人も、まさに年季の入ったプロだ。こちらが旅人なのを承知で、長年来の得意客の如《ごと》くに扱ってくれた。

粗雑に接するのは、彼らのプロたる矜持《きょうじ》が許さないのだろう。

先輩が購入したときも、きっと別のダニーと、寸法直しの仕立て職人がいたに違いない。

＊

米国から帰国後、幾日も経ぬうちに高知に出向いた。仕事が滑《なめ》らかに運び、搭乗便まで四時間近くの隙間《すきま》ができた。

「鮨《すし》を食おう」

二カ月ぶりの鮨だ。つけ台に座ると思うなり生唾《なまつば》が溜《た》まった。

はりまや橋近くの老舗《しにせ》は、午後四時過ぎという半端な時間でも店は開いていた。が、カウンターに客の姿はなかった。

メニューを見てオコゼの唐揚げはありますかと訊《き》いたら、

「揚げ物は午後五時からです」

鮨職人らしくない、ゆるい動きの年配の板前さんに断られた。

入る店をしくじったかと悔《く》いたが、もう遅い。肚《はら》をくくり、家内とカツオの握りを頼んだ。

魚身を切り分けたのは見えたが、そのあとは端《はし》に移った。仕事をしている様子はうかがえるが、一向に握りが出てこない。

動きがゆったりしすぎていた。

湧《わ》きあがる後悔の思いを、湯呑《ゆの》みの茶で喉《のど》に流し込んだ。

板前さんがいれてくれた茶の美味《うま》いこと！

家内と顔を見交《みか》わして喜んだ。

茶の一服で気分が大いに落ち着いた。分厚《ぶあつ》い湯呑みを手にして見ていたら、カツオの握り二貫ずつが出来上がった。

「いただきます」

言うももどかしく口に運んだ。

カツオはニンニクの薄切りを下敷きにして握られていた。

カツオ・ニンニク・鮨メシの旨味《うまみ》が融《と》け合い、地所《よそ》で味わったことのない鮨と遭遇《そうぐう》できた。

＊

我知らぬ間に即効《そっこう》を求めるおのれがいたと恥じた。

いかに速きことを求められても、ひとが成熟するには相応の時間が必要だ。

時満ちたのちに漂《ただよ》い出《い》ずる薫《かお》りの、なんと味わい深きことか。

Before the Mast

家並みの低い町は空が大きい。

マウイ島ラハイナの海岸通りを歩きながら、これを実感した。

*

一八二〇年代後半から、南北戦争開戦の一八六一年まで。

十九世紀のアメリカ合衆国は捕鯨《ほげい》大国だった。クジラの皮下脂肪を大釜で煮詰める、鯨油採取が目的の捕鯨だ。

鯨油は潤滑油《じゅんかつゆ》としても、ロウソクの原料としても重用《ちょうよう》された。鯨油原料のロウソクはススが出ず、照度も高かった。

人間の知恵は洋の東西を問わない。

米国東部でロウソクの大量生産が始まった一八二七年は、日本の文政《ぶんせい》十年である。第十一代将軍徳川家斉《いえなり》が座についていた。

町人文化が大きな発展を見た時代でもある。十返舎一九《じっぺんしゃいっく》作『東海道中膝栗毛《ひざくりげ》』に代表される、庶民生活を題材とした滑稽本《こっけいぼん》が人気を得た。川柳《せんりゅう》や落首《らくしゅ》も流行した。

一八二七年の日本は化政《かせい》（文化・文政）時代の末期だった。

当時の江戸庶民の照明器具は、イワシの魚油を燃やす瓦灯《がとう》がもっとも安価だった。カネにゆとりがあれば、菜種《なたね》油を燃やす行灯《あんどん》を使った。

細身の五匁《もんめ》（約十九グラム）でも一本二十文《もん》（化政時代の物価）もしたロウソクは、庶民生活で使われることなどほとんどなかった。

五匁ロウソクは、わずか十分で燃え尽きた。一時間灯《とも》すには百二十文もかかる。化政時代の大工職人の手間賃は日当二百文から二百五十文だ。一時間灯すロウソク代に、日当の半分を使うわけがなかった。

ところが同時代に、盛大にロウソクを灯していた集団があった。高知県室戸《むろと》市の津《つ》呂《ろ》組《ぐみ》と浮津《うきつ》組《ぐみ》である。

どちらも土佐藩から官許を得たクジラ獲《と》り専門集団「鯨組《くじらぐみ》」の在所だった。

大半の和ロウソクがハゼの実など、植物脂を原料としていたとき、鯨組は鯨油原料のロウソクを惜《お》しまず使っていた。

植物脂製の倍も明るい鯨油ロウソクは、土佐藩主への献上品《けんじょうひん》とされていた。

高知県東端の室戸岬と、米国東海岸ナンタケット島。

互いに相手の存在など知るよしもなかった一八二七年に、製法こそ違えども鯨油原料のロウソクを作っていた。

「うちのロウソクなら明るさでは負けない」と、両国の職人が自慢していたに違いない。

*

マウイ島ラハイナ港は、十九世紀捕鯨船の大半が補給に立ち寄った港である。

海沿いの通り両側には、往時を偲《しの》ばせる二階建て家屋が現在でも建ち並んでいる。

二〇一五年のいま、土産物屋《みやげもの》とレストランが大半である。当時の資料と比較すれば、店が大きく変わったのがわかる。

が、家並みは残されていた。

木造の二階部分は、通りに面してバルコニーつきだ。上陸した船員たちは、しっかりと地べたを摑《つか》んだ建物の、揺れずに歩ける感覚を満喫しただろう。当時の捕鯨船生活が、いかに過酷なものだったのか。そして揺れない陸を歩ける確かさが、どれほど水夫の喜びだったのか。

リチャード・ヘンリー・デイナJr.著の『Two Years Before the Mast』を読めばそれが察せられるだろう。

デイナ当人が帆船《はんせん》に乗船している。一八三四年、ボストンからカリフォルニアまでの航海だった。

風だけが動力の帆船だ。凪《なぎ》に遭遇《そうぐう》した船は、ただの一メートルも動かなくなる。まるでその船に乗っているかのような、過酷な帆船の乗船体験が味わえる名著だ。荒天時に気を抜けば、板子《いたご》一枚下の地獄に落ちることになる。

各自が使命感を持って働くのは、生き延びるための原点だと本書から教わった。

Before the Mast＝マストの前に立つ。

使命感を持って、与えられた任務を遂行《すいこう》することを意味する、セイラー言葉だそうだ。

ラハイナの空は、十九世紀もかくやと思えるほどに大きかった。

岸壁にぶつかった波濤《はとう》が砕《くだ》けようとも、足元はびくとも動かない。安全に慣れ切っていた。

果たして日々の社会生活で、マストの前に立っているのか？

内から湧《わ》きあがる我が声に、きつい問い質《ただ》しをされた。

眼力とは

弘化《こうか》三年（一八四六）四月。米国捕鯨船《ほげいせん》マンハッタン号は、鳥島《とりしま》近海で立て続けに救助した日本人漂流民二十二人を、浦賀《うらが》まで送り届けようとした。

日本は鎖国の真《ま》っ只中《ただなか》だ。

断固打ち払うべしと、水戸《みと》藩主などは入港許可に反対した。

老中首座《ろうじゆうしゆざ》の阿部正弘《あべまさひろ》は、人道的見地から浦賀入港を許可した。

歴史に残る見事な政断だった。

翌弘化四年、我が国は全国規模の米の凶作に見舞われた。

名老中阿部正弘をもってしても、凶作には手詰まりだった。

米価は暴騰《ぼうとう》し、諸国で米寄こせの「打壊《うちこわ》し」が勃発《ぼつぱつ》した。

第十二代将軍徳川家慶《いえよし》は、弘化五年二月二十八日に、元号を嘉永《かえい》へと改元した。

しかし改元しても米不足に変わりはない。新米の生育状況が好調と世に知れ渡った同年八月、ようやく例年比一割三分高で米価は落ち着いた。

諸国の米作好調は、阿部正弘がいちはやく瓦版《かわらばん》を用いて庶民に報《しら》せた。

*

需給バランスが崩れると物価が暴騰するのは、世の常である。

改元までして、日本が米価高騰の沈静化を図ろうとしていた嘉永元年。

同年夏のサンフランシスコでは、凄《すさ》まじい勢いで諸物価が暴騰し始めていた。

あのゴールド・ラッシュが暴騰の源だった。

サクラメントの内陸部、アメリカ川流域のノーフォークで起きた、爆発的な居住者の増加。まさにゴールドに群がる面々が引き起こしたラッシュだった。

二〇一三年と翌年の二度、ノーフォークを取材で訪れた。

だれもが血眼《ちまなこ》になって砂金を探したというアメリカ川にも、裸足《はだし》になって足を浸《つ》けた。

八月下旬で、Tシャツを脱いだ肌には、陽《ひ》が噛《か》みついてきた。

ところが浅瀬を流れる川に足を浸けて、凍《こご》えに飛び上がった。足のつま先に、針で刺されたかのような痛みを感じた。

深い山間《やまあい》を流れる川は、見た目には澄んだ清流である。しかし晩夏でも凍えをはらんでいた。

一八四九年一月から翌年六月にかけて、米国東部から二百五十杯もの帆船《はんせん》がサンフランシスコに航行してきた。パナマ運河のない時代だ。ニューヨーク〜サンフランシスコ間には、百日を要した。

船倉《ふなぐら》に押し込まれ、ろくな食事も供されず、荒天では大揺れし、凪《なぎ》で蒸されたときの船倉は呼吸もままならなかった。そんな劣悪な帆船の船代が、ピーク時にはひとり百ドル。住宅一戸に相当する額である。

家財すべてを売り叩《たた》き、なんとか船代を捻出《ねんしゅつ》した。が、ゴールド・ラッシュの現場まで行き着く前にカネが続かなくなり、野垂《のた》れ死にする者が続出した。

なんとかサンフランシスコに行き着いても、暴騰した物価が待ち受けていた。

一八四九年当時、ボストンでは生卵一個三セントだった。

ノーフォークに二軒しかなかった食料品屋では、生卵一個七十五セント〜一ドル。

小さなジャガイモ一つ二十五セントとした帳簿が残されている。

同じころ、約二千四百キロ離れたテキサスでは、牛一頭が一～二ドルで売買されていた。

「カリフォルニアまで牛を運べば、途轍《とてつ》もない大儲けができる」

狂乱物価を耳にした牧場主たちは、命知らずの牧童に長い道中の牛追い仕事を発注した。

テキサス産の、角の長いテキサス・ロングホーン牛である。

七百頭の牛を、テキサスからカリフォルニアまで運んだという記録がある。

彼らはカウボーイの元祖だろう。

道中、逃亡や病死、衰弱死などで二百頭を失った。

しかしサクラメントに行き着いた五百頭は、一頭百ドルの高値で売却できた。

砂金騒ぎになど目もくれず、命がけで牛を運んだのがカウボーイたちだ。

勃発したブームは、いつか終焉《しゅうえん》を迎えるのは世の摂理《せつり》だ。

ブーム真っ只中のときこそ、先を見据える眼力が求められる。

職に本分あり

旅行会社入社二年目の一九六七年（昭和四十二）晩秋十一月。M電器産業主催二泊三日の招待旅行で、八丈島へのサブ添乗員を務めた。

関東ブロック八都県内の、販売成績優秀百店の店主夫妻二百名が招待客である。主催者スタッフ、添乗員を含む二百二十人の大人数となった。

当時の八丈島は全日空が定期便を運航していた。機材のフレンドシップ機は定員四十人ほど。毎日四往復の予約率は連日高かった。旅行は二日間に分かれ、合計五班での実施となった。

八丈島は「東洋のハワイ」として人気は高かったが、天候急変の欠航もめずらしくなかった。

主催者との企画会議でも、欠航は大きな課題だった。結果、台風の時期を除外。天候が安定し、欠航率の低い十一月下旬の実施と決まった。

冬のボーナス支給直前で、年末商戦に備えての格好の休日。

主催者も納得の企画となった。

天候にも恵まれて日程消化。第四班は三日目午前発の定期便で八丈島を離陸した。

ところが第五班が折り返し使用する予定の羽田発最終便が、機材故障で欠航した。

午後四時過ぎで、下田港への定期船はすでに出港していた。

翌朝午前八時半発の、始発便を待つしかない状況となった。

第五班は店主夫妻二十組四十人と主催者・添乗員各二名である。

日頃から顧客《こきゃく》相手に家電製品販売で汗を流している店主たちは、突発事態にも理解が深かった。

「事故に遭《あ》ったわけでも、あんたらの手落ちでもないんだ」

「航空会社のおごりだと思って、もう一泊温泉に浸《つ》からせてもらおうや」

温かい言葉に、先輩添乗員と一緒に深々とあたまを下げた。

八丈島はその夜も隅々《すみずみ》まで星で埋まり、翌朝の晴天を請《う》け合ってくれた。

「添乗員の本分は、元気に出発したお客様を、元気なままで出発地まで連れて帰ることだ」

常から先輩から聞かされた至言《しげん》だったが、十九歳の未熟者は聞き流してしまった。

＊

クリント・イーストウッド監督の『ハドソン川の奇跡』を観《み》た。

二〇〇九年一月十五日に発生した航空機事故が主題である。

一歩判断を誤っていたら、あの九・一一テロ事件（アメリカ同時多発テロ事件〈二〇一一年〉）同様の、大惨事につながっただろう。

劇中、機長が見た悪夢として、ビル密集地帯に激突する光景が何度も描かれる。

映画原題『Sully』は、機長の愛称だ。日本人観客には事故直後から報道された『ハドソン川の奇跡』のほうがわかりやすい。

まさにこの事故は奇跡で、乗客百五十人・乗員五名の全員が大した怪我《けが》も負わず生還できた。

機長はヒーローとなり、事故から半月後のオバマ大統領就任式にも招待されている。

しかしＮＴＳＢ（国家運輸安全委員会）は、徹底した事故調査を行った。

百五十五人の生命を救った英雄である機長に対し、容赦《ようしゃ》のない審問《しんもん》を実行。公聴会まで開いた。事故後に機長が審問されるという大変な事態に直面していたことを、本映画を観て初めて知った。

国民的英雄の審問はNTSBスタッフにも大変なストレスだっただろう。しかし「事故原因の究明」こそが、彼らの本分である。たとえ国民から反感を買おうとも、憎まれ役に徹するしかない。本作では、審問スタッフに対する理解の視点も描かれていた。

もうひとつ深い感銘を覚えたのは客室乗務員の働きぶりだ。

資料によれば女性CA（客室乗務員）三名は、全員が五十代のベテランだった。機長はCAに事情説明する間もなく、川への不時着を決断。短いアナウンスを聞いただけで非常事態を察したCAは、乗客に「ヘッドダウン、ステイダウン」と大声で繰り返した。映画を観終わったあとでも、彼女たちが叫び続けた声と表情に胸を締めつけられた。

課せられた本分とはなにか。

脇役のNTSBとCAが、思い起こさせてくれた。

ホールなればこそ

博多天神コア地下の「味の正福《まさふく》」。

塩梅《あんばい》がよくて、パリッと焦《こ》げた皮の塩味が見事な焼き魚。

骨までしゃぶったあと、皿に残った煮汁をごはんにかけるのが楽しみな、旬《しゅん》の煮魚。

カウンター上のガラスケース内に並んだ、地元で揚がった魚が調理される。

博多出張には、味の正福で昼飯が摂《と》れる時間帯の便を選んでいる。

東京の定食屋では目にすることの少ない赤ムツ（のどぐろ）、アコウダイ、アオナ（アオハタ）、平アジ・丸アジなどの魚が、当日の献立《こんだて》に書き出されている。

魚が大好きなカミさんは、ビルの手前から生唾《なまつば》たっぷりだ。

わたしは肉じゃがハーフが決まりのひとつだ。大粒のジャガイモが丸ごと、肉の煮汁ともつれ合った美味《うま》さは格別だ。

他にも食べたいものが数々あり、ハーフに留《とど》めている。

過日、到着便の都合で、十四時近くに店を訪れた。嬉《うれ》しいことにカウンターに空席があり、親方の手元が見える席に座れた。

「赤ムツの塩焼きがお薦《すす》めです」

親方を信頼している家内は、薦め通りに塩焼きを頼んだ。

包丁で調理を始めたとき、常連さんらしき若い女性が入ってきた。座したのは我々の隣だ。

「わたしも赤ムツ定食とビール」

彼女は注文に迷いがなかった。二十代後半にしか見えない。アパレルの販売スタッフのようだ。

交替の都合で、あの時間の昼飯となったらしい。彼女の注文を聞いて、思わずカミさんと顔を見合わせた。

飛び切り美味い魚だが、値も張る。彼女は親方の手元を見ただけで、迷わず塩焼きを頼んだ。

待つこと十五分ほどで、同時に焼き上がった。出来上がりまでつないでいたビールをどけて、彼女は赤ムツに箸《はし》をつけた。

「おいしい！」

声を発したのは家内である。

隣の彼女も、思いは同じだったに違いない。存分に魚の美味さを満喫し、ビールの残りを小気味《こきみ》よく干して立ち上がった。

不作法《ぶさほう》を承知で、彼女の皿を見た。あたまと背骨、尾しか残っていなかった。

まだ二十代の女性が、見事な箸使いで食べ終えたのだ。居合わせられた喜びで、肉じゃがハーフをひときわ美味く味わえた。

＊

二〇一七年八月初旬。

今年のマンハッタン長逗留《ながとうりゅう》はウエストサイドのハドソン川近くに、石造りアパートの一室を借りた。

いまの時季、食品スーパーは、どこもスイカが山積みである。

大玉なら十キロはありそうだ。

アパートから地下鉄の駅への道には、食品スーパーが並ぶ。

午前中には横長の棚《たな》一杯に、何十個もスイカが積み重ねられていた。

遅い日没を過ぎた二十一時の棚は、隙間《すきま》だらけに変わっていた。

あんな重たいモノを、だれが買って、どうやって運ぶのか？

毎日感じていた疑問が、六日の日曜日に氷解した。

西日と呼ぶには高すぎる陽《ひ》が空にいた、十六時ごろ。通りをカミさんと歩いていたら、彼女がいきなり速歩《はやあし》になった。

前を行く女性を脇から追い抜いたあと、戻ってきてわたしの耳元でささやいた。

「あのひと、スイカを抱えて歩いてる」と。

まさか！　と驚き、わたしもその女性の前まで足を速めた。

ショート・ジーンズから伸びた足は、真《ま》っ直《す》ぐで長い。白Tシャツ姿の身体《からだ》もスリムだ。

そんな彼女が両手で慈《いつく》しむかのように、丸ごとのスイカを抱えて歩いていた。

*

切り身全盛の昨今、丸ごとの美しさやボリューム感に触れるチャンスが失《う》せつつある。

切り身の便利さは大事だが、丸ごとには丸ごとならではの感動がある。

尾頭《おかしら》つきの赤ムツを賞味した若き女性。丸ごとの魚なればこそ、皮も骨まわりの美味い身も、存分に食せただろう。

重たいのを承知で、スイカを抱えて歩く女性。その後ろ姿の、なんと麗《うるわ》しきことか。

スイカを割ったときの、あの瑞々《みずみず》しい味わいは、ホールなればこその醍醐味《だいごみ》だ。

丸ごとの美味さ、恐るべし。

言葉のちから

ひとりの発言で、会議の流れがガラリと変わることがある。

我が卑近《ひきん》な例で申せば、文学賞選考会もその好例だ。

選考委員はほぼ全員が現役の作家諸兄姉《しょけいし》だ。いずれも確固たる文芸作品への評価眼・信念を有しておいでだ。

選考の場では、候補作への委員各位の評価が提示される。ある委員の評価は×だが、別の委員は◯というのも毎度のことだ。

討議ではなぜ◯なのか、当該委員が評価の根拠を語る。

×も◯も、一切のしがらみはない。文芸に対する委員各位の、信念のぶつかり合いなのだ。

文芸作品として評価できるか否《いな》か。共通認識下での議論ゆえ、大逆転も、ときには起きる。

そんな読み方があったのかと、応援演説に深く納得し、×を○に変えることもあるのだ。

佳《よ》き文学作品を選考するという、その信念に曇りがなければこその逆転であろう。

＊

一九五一年九月四日～八日までの五日間。米国サンフランシスコ中心部のオペラハウスにて、国際会議が開催された。

一九四五年八月、日本の降伏で、太平洋戦争は終結した。六年後のこの会議は、サンフランシスコ講和会議と称されている。

会議の目的は、占領統治を終えた日本の今後を、世界がいかにして監視し続けるのか。

日本に対する賠償請求をどうするのか。

この二項目が主要議題とされた。日本からは吉田茂首相（当時）が全権特使として出席した。

当時の日本は、まだ国連加盟が認められておらず、加盟の可否も講和会議で検討されることになっていた。

一九四八年八月に大韓民国（韓国）。翌九月には朝鮮民主主義人民共和国（北朝鮮）が、それぞれ建国された。

一九五〇年六月に北が南に侵攻したことで朝鮮戦争が勃発《ぼっぱつ》。戦火は拡大を続けた。南は米・英・仏など二十二カ国で構成の国連軍、北は北朝鮮と中国・ソ連（当時）の共同軍とで戦闘を続けた。

米ソ主導で休戦協議が始まったのは、サンフランシスコ講和会議開催の、わずか二カ月前。一九五一年七月だった。

ちなみに朝鮮戦争はいまもまだ休戦状態で、終結を迎えてはいない。

サンフランシスコでの対日講和会議に参加したのは、日本を含む五十二カ国である。

この会議にはセイロン（現スリランカ）も、当時の蔵相J・R・ジャヤワルダナ氏が出席されていた。

講和会議が進むなか、ジャヤワルダナ氏が演説に立たれた。

「日本の掲げた理想に、独立を望むアジアの人々が共感を覚えたことを忘れないでほしい」

セイロンも日本と同じで、四方を海に囲まれた島国だ。

列強と称される国々に支配された歴史のある同国は、大国を相手に戦った日本に敬意を抱いておられたという。

その思いを表明したあと、さらに応援を続けられた。

「憎悪《ぞうお》は憎悪によって止《や》むことはなく、慈愛《じあい》によって止む」

氏は法句（仏教経典の文句）を引用された。日本も仏教国と認めての引用だったのだろう。

そして「セイロンは日本に賠償を求めない」という強く寛大な決意で演説を閉じられた。

オペラハウス（会場）には、氏の演説を賞賛する拍手が、しばし鳴り止まなかったそうだ。

この演説の前までは、ドイツや朝鮮と同様に、日本も分割統治すべきとの考え方が戦勝国側にはあったらしい。

氏の演説で状況は一変し、日本は独立国として承認された。

吉田全権はジャヤワルダナ氏へ深い恩義の念を抱いた。

「日本の大恩人を、後世まで忘れてはならない」

吉田特使は随行員《ずいこういん》たちに、これを申し渡していた。

ジャヤワルダナ氏はのちに同国第二代大統領に就任《しゅうにん》。確かな信念に基づく演説で、氏は国民を導き続けた。

アメリカにて

「した・ひがし」に魅せられて

二〇〇九年三月の、ニューヨーク初逗留《はつとうりゅう》の折のことだが。

「バスタブの深い宿がいい」

ホテル探しをするカミさんに、これだけを頼んだ。大きなバスタブさえあれば、ロケーション・グレードは問わないから、と。

条件にかなうホテルはマンハッタン、ロウアー・イーストサイドで見つかった。

「本当にそこでいいのね？」

カミさんに何度も念押しされた。普通の日本人観光客が泊まる地区ではないというのが、念押しの理由だった。

「ゆっくり風呂に浸《つ》かれるなら文句はないさ」

問われるたびに、こう答えた。

ハワイでも西海岸でも、名の通ったホテルの浅い湯船に閉口してきた。身体《からだ》を真横に寝かせても、腹まで湯が溜《た》まらないバスタブ。

それでも湯船があればまだしもで、シャワーだけという憂《う》き目に何度も遭《あ》ってきた。

「Hotel on Rivington」

リビングトン通りに面しているというホテルが、マンハッタンで初めての宿となった。

空港を出たタクシーはウィリアムズバーグ橋を渡ってマンハッタンに入った。

どうも様子が違うぞ……。

タクシーから外を見ながら、わたしは胸の内で吐息《といき》を漏《も》らした。

摩天楼《まてんろう》の林立する光景を思い描いてきたのに、車窓から見るどこにも高層ビルなどない。

行き交う男性のネクタイ姿など、皆無《かいむ》というエリアだった。

「ここがホテルだよ」

イタリア訛《なま》りの巻き舌ドライバーは、ホテル前の一方通行の道路にタクシーを停《と》めた。

車寄せもなく、ベルボーイもいない。ガラス張りの外観は、古くて低い周囲の家並みから浮き上がっているかに見えた。

カミさんはひと足先に、チェックインに向かった。

町の佇《たたず》まいに気落ちして無口になった息子ふたりと、タクシーから荷物を下ろした。

玄関に垂れ下がった分厚《ぶあつ》い防寒カーテンは深紅《しんく》。ドアマンは黒のタートルネック着用で、ジョギング・シューズを履《は》いていた。

目を見開かなければ歩けないほどに廊下は暗い。げんなりしながら客室のドアを開けたら……。

床から天井《てんじょう》までガラス張りで、部屋は明るいのなんの。

しかも周《まわ》りは背の低いビルばかりで、遠くまで見渡せた。

低層建家《たてや》の彼方《かなた》にブルックリン橋を見たときは、橋と夕空とが溶け合った眺めに息を呑《の》んだ。

バスタブは高さが八十センチもあり、またぐのに苦労する深さだ。湯が溜まるまで優に二十分かかった。

旅の宿で肩まで湯に浸かり、小説のアイデアを思い浮かべるぜいたく・至福を満喫できた。

ホテル周辺の建物の多くは、非常階段が外についている。十代の昔に観《み》た『ウエストサイド物語』そのものの町にホテルはあった。

到着時に感じた戸惑いと落胆は、翌日にはすっかり失《う》せた。

町にはクリーニング店・食料品店・荒物雑貨屋・定食屋などの、個人商店が軒を連《つら》ねている。

東京では見かけなくなった靴《くつ》修理の店や寸法直しの店が、何軒も達者に商《あきな》いを続けていた。

中国系学校の正門には「下東《したひがし》高校」のプレート。ダウンタウンとはまさにここだと呑み込めた。

滞在一週間が過ぎたころには、町を歩くだけで気持ちが和《やわ》らぐ理由がわかった。

下東には、こども時分に肌で感じていた町の息吹《いぶき》が、そのまま残っていると思えたからだ。

では、町の息吹とはなにか。

達者な個人商店の群れが醸《かも》し出してくれる安心感、心地よさのことである。

暮れなずむチャイナタウンには、仕事帰りの住人が多数いた。

剝《む》き出しの野菜や果物が山盛りになった青物屋。

買い物客は一個二個と、入り用な分だけを差し出す。

店のひとは重さを量り、金額を告げる。そして受け取った代金を、吊《つ》るしたザルに放り込んだ。

夕闇《ゆうやみ》が深まるにつれて、店先の裸《はだか》電球が輝きを増す。

四月初旬でも下東の黄昏《たそがれ》どきは凍《こご》えていた。手袋なしだと指先に痛みを覚えたほどだ。

しかし町に横たわる気配は、気温が下がっても尖《とが》りはない。

初めてのマンハッタン滞在で、すっかり下東の魔法にかかった。

階段には分厚いカーペットが

一九三三年（昭和八）の夏。

アメリカ大使館経由で、一通の私信が東京・田園調布の中濱東一郎《なかはまとういちろう》博士宅に届けられた。

中濱氏は東京大学医学部出身の医学博士で、ジョン・マン（中濱万次郎《まんじろう》）の長男である。

私信はフランクリン・デラノ・ルーズベルト（ＦＤＲ）米国第三十二代大統領からだった。

「石井菊次郎子爵《きくじろうししゃく》が当ワシントンへお見えの折、貴下《きか》の有名な御尊父《ごそんぷ》について語り合いました」

石井子爵とは元の駐アメリカ合衆国特命全権大使である。

一九三三年三月に就任した大統領は、表敬訪問者の石井元大使を相手に、なんとジョン・マンについて話し合っていた。

私信は以下の如《ごと》くに続く。

「貴下はご存じないかもしれませんが、ホイットフィールド船長がご尊父をフェアヘブンへお連れした、あの捕鯨船《ほげいせん》の所有者のひとりワレン・デラノの、私は孫であります」（中濱明著『中濱万次郎の生涯』より引用。私信翻訳も著者）

文中のホイットフィールド船長とは、ジョン・マンたち五人の漂流者を鳥島《とりしま》で救助した捕鯨船、ジョン・ハウランド号の船長である。

この鳥島からジョン・マンの長くて壮大な冒険譚《ぼうけんたん》が始まるのだが、それは本稿とは別の話だ。

中濱東一郎氏は大統領からの私信受領後、父ジョン・マンが暮らしたフェアヘブンなど北米東部各地の訪問を果たした。

＊

いまでも木造建築物がほとんどのフェアヘブンだが、わずか数棟だけ石造りの建築物がある。

十九世紀を生きたこの町ゆかりの大富豪ヘンリー・ロジャーズが存命中に寄贈した市役所、集会所、図書館などである。

文豪マーク・トウェインは、晩年ヘンリー・ロジャーズから財政的支援を受けていた。

その返礼としてだろう。

夭逝《ようせい》した愛娘《まなむすめ》の名を冠した「ミリセント図書館」開館時には、文豪がこの地を訪問し、講演まで行っている。

図書館に現存するサインブックには、マーク・トウェインの署名もある。

今上天皇《きんじょう》（現明仁上皇《あきひと》）が皇太子時代にご訪問なされた際のご署名も、同じサインブックにあり拝見がかなった。

図書館の寄贈者ヘンリー・ロジャーズもまた、大統領の祖父デラノ氏同様に、ジョン・マンには深い敬意を抱いていたようだ。

ジョン・マンは異国の地を弱冠《じゃっかん》十六歳で踏んだあと、この町の小学校とバートレット・アカデミー（航海学校）に通った。

航海術、高等数学などを修得したのち、再び捕鯨船に乗船。

十九世紀の世界の海を、大型帆船で何度も航海したジョン・マン。

開拓者精神を下敷きにして大成功したヘンリー・ロジャーズ。

自分の人生すべてを自力で切り開いたジョン・マンの大きさを、彼だからこそ、察することができたのだろう。

図書館にはオーナー、ヘンリー・ロジャーズの部屋もある。

その部屋にはジョン・マンゆかりの品々が常設展示されている。

ジョン・マンを尊敬してやまない気持ちの表れだろう。

東一郎氏も、もちろんこの図書館を訪れていた。

ルーズベルト大統領は海軍提督をフェアヘブンにまで差し向けて、ジョン・マン長男の訪問に対する敬意を示しておられた。

*

生前、ワレン・デラノ氏は、ルーズベルト大統領のまだ幼かったころに、何度もジョン・マンの話を聞かせていた。

ニューヨーク在住だったルーズベルト大統領が、幼年期に何度も泊まっていたとされる、祖父ワレン・デラノ氏の邸宅。

いまもフェアヘブンの、当時と同じ場所に遺《のこ》されている。

旅人には喜ばしいことに、屋敷はいま、B＆Bとして利用できる。

二〇一三年四月初め、ジョン・マン取材の一環としてデラノ・ハウスに泊まった。

名作『風と共に去りぬ』を思わせる、曲線のある大きな階段。

当時では途方もなく高価だった巨大な姿見《すがたみ》が、階段下に据《す》えつけられていた。

踏み台が入り用なほど脚の高いベッドも客に供されている。

屋敷には、いまだ十九世紀の時間が流れていると実感した。

時が磨いた光沢

一九六八年（昭和四十三）の大晦日《おおみそか》、洋画好きの先輩と『ブリット』を観《み》た。

元日を翌日に控えた劇場には、巨大な門松が飾られていた。

ネクタイ姿は皆無《かいむ》で、髪結《かみゆ》いを済ませた女性客が何人もいた。

この映画の中盤で、凄《すさ》まじいカーチェイスが始まった。サンフランシスコの急坂を爆走するダッジ・チャージャーとフォード・マスタング。いまではだれでも使うカーチェイスなる語を、世に初めて知らしめた映画だった。

一九七一年六月、米国西海岸旅行の添乗員に起用された。

静岡県の大工さん四人を引率し、西海岸の２×４《ツー・バイ・フォー》建築の現場を見学するという旅だった。

始まりはサンフランシスコの二泊だったが、大きなコンベンションと重なりどこも満室。

何とか手配できていたのは、レンガが剝《む》き出しになった「カンタベリーホテル」だった。

ベルボーイもおらず、蛇腹《じゃばら》式ドアのエレベーターで二階に上がった。客室は通りに面しており、小さな窓を開けると舗道《ほどう》を歩くひとの話し声が聞こえた。

大工さんたちは生まれて初めての米国旅行だった。

「ベッドがでかくてシーツは真っ白。いいホテルだな」

古い建物に文句も言わず、笑顔で旅の荷を解《と》かれた。そして現地手配のリムジンで、建築現場に直行することになった。

「そんな場所でいいのか?」

金門橋《きんもんきょう》やチャイナタウンに目もくれず、建築現場巡《めぐ》りを求める日本人五人。いぶかしがりつつも、リムジンの運転手は何カ所も建て売り住宅の建築現場を案内してくれた。

二日目はお客様の希望で自由行動と決まった。が、地理不案内で英語も苦手な四人である。

羽田からの機内では、あの『ブリット』が上映されていた。

急坂の爆走シーンは、全員に強烈な印象を刻《きざ》みつけていた。

「あの舞台を訪ねてみませんか」

四人とも深くうなずいた。

前日のリムジンを再び頼み、撮影現場を案内してもらった。

その後は、バンクーバー、ラスベガス、ロサンゼルス、ワイキキを巡った。

どこも名の通った宿に泊まったのだが、最終日、夕日を顔に浴びながらワイキキで夕食を摂《と》ったとき、

「カンタベリーホテルの二泊が一番愉《たの》しかった」

四人が口を揃《そろ》えたものだった。

＊

二〇一二年九月。ゴールド・ラッシュの取材でサクラメントを訪れ、サンフランシスコにも立ち寄った。

旅先でもほぼ毎日、連載小説などの締切がある。ホテルで原稿書きの間、カミさん

は町の古書店に向かい文献探しを続けた。

サンフランシスコ四日目の午後。原稿に区切りがついたところで、カミさんの案内で古書店を目指した。

「きっと気に入るから！」

声を弾《はず》ませてずんずん坂道を歩いていたカミさんが、ある通りの角で立ち止まった。テイラー通りとゲリー通りが交差する場所。あのカンタベリーホテルが建っていた一角だ。しかし二〇〇七年にここを訪れたとき、ホテルは廃業していた。

「ホテルも古書店も、すぐ先にあるから」

廃業を知っているはずなのに、なぜかカミさんの声は跳《は》ねていた。黒く煤《すす》けたレンガ造りだったあの宿が、黄色に輝く新カンタベリーホテルに変身していた。

古書店はホテルの隣で、白髪髭《しらがひげ》の店主が帳場に座っていた。

十九世紀中頃に勃発《ぼっぱつ》したゴールド・ラッシュ。そんな当時のサンフランシスコを描いた銅版画が何枚も飾られていた。値を訊《たず》ねたら、なにに使うのかと逆に質《ただ》された。小説の資料画として……目的を告げると、店主はキャビネットから複製を取り出してきた。

「本物は六千ドルだが、資料ならこれで充分だろう」

コットン厚紙仕上げの複製は九十ドル。これなら買える。

配慮が嬉《うれ》しくて、一九七一年に隣に泊まったと話したら、

「ここで父の手伝いを始めたのが、まさに一九七一年だった」

一気に打ち解けて、四十年以上も昔の話で盛り上がった。

古書店の木枠ドアに取り付けられた真鍮《しんちゅう》のドアノブは、渋い輝きを放っていた。

時の重みが磨いた光沢だろう。

やがて隣のホテルも、また往時の輝きを取り戻すに違いない。

その男、手練《てだ》れなり

二〇一五年七月二十二日十八時過ぎに、ボストン空港到着。レンタカーでロードアイランドとの州境、シーコンク（Seekonk）に向かった。

身体《からだ》が時差に追いつかず、到着の翌朝は午前四時に起床した。

「朝六時から、という朝食の店があるけど」

家内が言った。

朝食とランチだけ営業する店がアメリカにはよくある。

当節のＷＥＢ情報は、内容が詳細である。店まで車なら十分、店名は「カントリー・キッチン」。

「おばあちゃんの家で食べさせてもらったような味だって」

店名、カスタマー評価の両方に惹《ひ》かれてその店に決めた。

昨夜の到着は二十二時過ぎで、町は闇《やみ》に閉ざされていた。

早朝の町を走り、様子がわかった。土地は潤沢《じゅんたく》で高層ビルがない。緑豊かな低い家並みは、旅人を和《なご》ませてくれた。

店に着いたのは午前六時過ぎ。

板張り木造の店はベンガラに近い紅色で、窓やひさし、木柵の白が絶妙のアクセントだ。

開店時刻は過ぎていたが、駐車場には車が二台だけだった。

店のドアは二重扉。七月下旬の朝は高原のような涼しさだが、冬はさぞや凍《こご》えるのだろう。

ふたつの扉を開いて店に入ると、すでに数人の客がいた。

「好きな席にどうぞ」

年配女性に勧められて、真《ま》っ直《す》ぐカウンター席についた。白いシャツ姿の料理人は大柄で、カウンターに背を向けて両手にフライ返しを持っていた。

身幅の倍ほどしかない電熱鉄板には、調理途中のパンケーキと目玉焼きが見えた。

料理人と客との間合いが近い。調理の香りも味わいのひとつか。

「玉子二個の目玉焼きを両面焼きで、ハムとホームフライを」

トーストの代わりにフレンチトーストを注文した。

ハムの塩味を白身にまとった目玉焼き。ポテトを素揚げしたホームフライは、卓上ケチャップと相性がいい。

店の普段着料理の美味《うま》さが、おばあちゃんの味なのだろう。

木曜日朝の初回で、店のとりこになった。外に出たときには駐車場は車で埋まっていた。

その後は金・土・日の朝、続けて朝食に通った。

金曜日もカウンターに座った。前日と同じ年配女性から、料理人は店のオーナーで、名はマークだと教わった。

家内とわたしを彼は覚えていた。鉄板上部の壁には横長ミラーが貼り付けてある。調理中は客に背を向けているマークは、壁のミラー越しに笑いかけてくれた。

仕上がりを待ちつつ、店内を見回した。ほとんど昨日と同じ顔ぶれで、高齢者が大半である。

カウンターで隣同士となった男性も昨日と同じだった。

「ナリタからボストンへの空路なら北極圏回りが早い」

彼は空軍の退役パイロットで、毎朝開店と同時にここで朝食を摂《と》るという。

先に食べ終わった彼はカウンターを離れ、テーブルで食事中の仲間と談笑を始めた。

入れ替わりにカウンター席に座ったのは、ボストンまで通勤するという中年男性だった。

「このお客さんは、だれもが常連さんですか？」

問われた彼は店内をぐるりと見回し、そうだと答えた。

「わたしは週に三回だけだから、常連とは言えないなあ」

その口ぶりは、年長者の常連客を敬《うやま》っているかに聞こえた。

土曜日は午前七時から、日曜日は午前八時の開店だった。

土・日は家族連れも多かったが、常連さんは全員揃《そろ》っていた。

常連客は年齢に関係なく、仕事は現役だと聞かされた。

店が混雑し注文が続いても、マークの調理ぶりは変わらない。鉄板をカチャカチャ鳴らさず、ゆったりとした動きだ。

それでいて手早い。何人分もの料理を、手際《てぎわ》よい動きで仕上げる。しかも客に合わせて調理していた。

高齢者が注文したパンケーキは、一枚が小さい。二枚重ねて、ちょうど一枚分だろう。

こどものパンケーキはまん丸の上部左右に、丸い耳がふたつ。

供された子はナイフを入れる前、ほころばせた顔で皿のミッキーを見詰めていた。

訊《き》かずとも、顔を見ただけで孫の体調や精神状態までも見抜いたであろう、人生の達人。

常連客より年下のマークだが、店では彼が「おばあちゃん」だ。

1《ワン》セカンド、2《ツー》ミニッツ、そして……

二〇一七年八月中旬の月曜日、朝。マンハッタンの西側、ハドソン川遊歩道の手前でのことだ。

カートを押した銀髪の女性が、リバーサイド・ドライブの横断歩道を渡っていた。足取りがのろくて、中ほどで信号が赤になった。

その瞬間、ひとりの男性が車道に飛び出した。雑誌を小脇に抱《かか》えて、ネクタイなしだった。

高齢を感じさせないスマートな所作で、動きだそうとした車列に向かい、人差し指を立てた。

「1《ワン》セカンド!」

ちょっと待っての意だろう。

月曜朝の通勤時間帯で、ドライバーは先を急ぎたかったに違いない。が、指を立てた男性の思いは、ドライバーにも伝わったらしい。女性が向こうの遊歩道に上がるまで、クラクションも鳴らさずに、車列は留《とど》まっていた。

＊

マンハッタンの大型スーパーでは、レジの行列はどこの店でも当たり前の光景だ。買い物量も多いし、野菜や果物は量り売りだ。どの店も十台以上のレジカウンターが並んでいたりする。

列の先頭になったあとは、どのレジに向かえばいいのか。モニターにレジ番号が表示される店もあれば、誘導スタッフが指示する店もある。

二十四時間営業の店に、カミさんと二十三時過ぎに出かけた。さすがに客もわずかで、レジは二台しか動いてなかった。

前の客が品物チェックも終わり、いざ支払いとなったとき、困惑顔になった。クレジットカードが使えず、現金の持ち合わせもなかったらしい。

レジの女性とやり取りを交わしたあと、買ったものをそのまま残して場を離れた。

並んでいた我々と後ろの客に向かい、指を二本立てた。その意味を、後ろの男性客は即座に理解したようだ。

「二分待っててのサインだと思うけど」

察したカミさんは、レジ係に笑《え》みを見せた。

まるで計ったかのようにきっかり二分後、店内のATMから先客が戻ってきた。

深夜のスーパーで、居合わせた者が共有した、ゆるい時間。

赤信号だろうがクルマさえ見えなければ、構わず歩行者が横断する町である。

ところが1《ワン》セカンド、2《ツー》ミニッツのいずれも指のサインだけで、クルマも客も待っていた。

マシンよりもひとが主役だと、再認識した。

＊

セントラルパークの西端、九十六丁目から七十九丁目にかけての通りには、ドアマンが立つ由緒《ゆいしょ》正しきマンションが連なっている。

さらに一本西の通りに並ぶビル群の一隅《いちぐう》には、ジンゴンズ食料品店がある。

食品から日用雑貨品までを、所狭しと陳列した、いわばよろず屋さんである。

なにがどこにあるのかは、店の全員が把握しているようだ。

「チリの缶詰《かんづめ》はありますか？」

問いかけが終わるなり、陳列棚《ちんれつだな》に案内してくれた。

生鮮品はどの品も、瑞々《みずみず》しさが際立《きわだ》っていた。

年老いた女性への接客は、飛び切りの優しさだ。

「ジョージが届けるから」

配達があればこそ、老年女性も安心して買い物ができる。

「東京からの旅人です」

素性《すじょう》を明かしたら、レジにいた女性の笑顔が弾《はじ》けた。

「わたし、メアリーよ」

初代店主の孫娘は、冷蔵庫に貼るマグネットと、布製バッグをおまけしてくれた。

「この場所で九十年だから」

品揃《しなぞろ》えもサービスも抜群だ。あの笑みで語りかける店だからこそ、大型店を相手に九十年も家族経営が続けられるのだと、深く納得できた。
この店なら一見客《いちげんきゃく》が馴染《なじ》み客となるのに時間はかからない。

＊

声高《こわだか》な主張はしなくても、所作《しょさ》に思いを込めていれば、気持ちは通ずるのではないか……。

スマートな振舞いを幾《いく》つも見せられて、幸福感を噛《か》み締《し》めた。

キャッシュ・オンリーの店

二〇一五年七月に初めて訪れた「カントリー・キッチン」(本書「その男、手練《てだ》れなり」で紹介)。

以来毎年七月下旬の早朝、ここで朝飯を摂《と》るために、田舎町《いなかまち》シーコンクのモーテルに投宿してきた。

店主のマークは、還暦《かんれき》を過ぎた今年も達者だった。四年目にして初めて注文した「チリ・チーズオムレツ」は見事な味だった。

オムレツに包み込まれたチリは、大豆の甘味と挽肉の塩味が絶妙の塩梅《あんばい》。

マークの勧めに従い、付け合わせのホームフライに、たっぷりとケチャップをかけた。

流れ始めたケチャップは他の邪魔をするどころか、オムレツの美味《うま》さを引き立ててくれた。

ウエイトレスは銀髪女性だ。おかわりのコーヒーを注《つ》いでくれているとき、常連客のひとりが彼女の後ろを通りかかった。

背は高いが重ねた齢《よわい》ゆえ、背骨は丸まっている。その爺《じい》さん、慣れた手つきで彼女のお尻《しり》をひと撫《な》でしてカウンター席へ。

「まったく、もう……！」

顔をしかめた彼女も、とうに七十は超えていそうに見えた。

いまどきの社会は、こんな所業には容赦《ようしゃ》がないだろう。礼賛《らいさん》などできない。とはいえゆるかった時代を思い出してしまい、ついつい、両目の端《はし》をゆるめてしまった。

彼女は苦笑《にがわら》いを残してテーブルから離れていった。

カウンターで朝食を終えたカールさんは、常連仲間四人が座っているテーブルへ移った。

体つきはそれぞれ違う。が、カールを含めた五人とも、同じ年代に見えた。なかのふたりは野球帽をかぶっていた。

カールが加わるなり、歳《とし》とも思えぬ活発な、そして真顔のやり取りが始まった。傍目《はため》にも調子の強さは察せられたが、そこは年の功だ。周囲の客を気遣い、声は抑え気味だ。

なにごとが始まったのかとマークに近寄り、小声で訊《たず》ねた。

「昨日のレッドソックスの闘いぶりを話している」

マークは両肩をすぼめた。

「シーズン終了まで、毎朝あの調子さ」

ウエイトレスのデイジーは、野球が嫌《きら》いだという。

「カールのタッチが嫌《いや》なわけではないんだろうが……」

木造の店は料理の味も、ひとの営《いとな》みも、常連客が交わす話までもが牧歌的だった。

*

コネチカット州フェアフィールド。アン・モロウ・リンドバーグの随筆『海からの贈物』（新潮文庫）に出てくるような、海沿いの小さな町である。

この町にも「カントリー・キッチン」と同じテイストの、朝食の店があった。

店名は「ダグアウト」。

どこの野球場にもある、あのダグアウトのことだ。

店の興《おこ》りは野球場でのホットドッグ販売にあるという。いまでも各種ホットドッグは、人気メニューだ。

ぶっといソーセージが堂々と鎮座した周囲に、刻《きざ》みタマネギと刻みピクルス、そしてザワークラウトが配されている。

ソーセージは自家製で、目玉焼き・ホームフライがセットのプレートも注文できる。

オーナーのお嬢さんが、客あしらいとレジを兼任。客のコーヒーカップを常に気にしており、半分まで減るとすかさず注ぐ。まるでわんこコーヒーのごとしだ。

美味さと扱いのよさに惹《ひ》かれて、次の朝も出向いた。

「また来てくれたんですね」

野球帽をかぶった彼女の、笑顔のチャーミングなこと！

結局、滞在中は四日続けて朝食に通った。この店でも毎朝、同じ顔ぶれが横長のカウンターを埋めていた。

卵二個にトースト、ホームフライの定食なら三ドル半。

クレジットカード全盛のアメリカだが、「カントリー・キッチン」も「ダグアウト」も、現金のみである。

代金にほどのいいチップを加えて、彼女に差し出す常連客。

輝く笑顔で応《こた》える彼女。

この国でキャッシュ・オンリーを貫ける店とは、客が一緒になって作るものだと、旅人は実感させられた。

孤高を貫く

マンハッタン五十二丁目、レキシントン通りと3rd Ave.の間に「レストラン日本」はある。

一九六三年開業の、和食レストラン、老舗《しにせ》中の老舗だ。

オーナー倉岡伸欣《のぶよし》氏と妻境子《えいこ》さんが、文字どおり手を携《たずさ》えて起業した店である。

日本人の海外旅行が自由化されたのは一九六四年（昭和三十九）、東京五輪が開催された年だ。

自由化以前のニューヨーク開業が、いかに大変だったか。言葉を重ねずとも想像できよう。

氏の座右の銘は、剣豪宮本武蔵《むさし》が遺《のこ》した「先々《せんせん》の先《せん》」。

常に数歩先を読んで事業を展開した。前例なき進展には孤独な決断がつきまとった。

慶應義塾大学で、剣道部主将を務めた氏である。スポーツ全般への理解と支援とを、常に身のそばに置いておられた。

テニスの世界四大タイトルは毎年一月の全豪オープンに始まり、五月の全仏オープン、七月のウィンブルドン選手権、そして八月の全米オープンへと続く。

予選参加の日本人選手も八月中旬以降、続々とレストラン日本を訪れるのが吉例だ。試合が進むにつれて、敗退選手が出るのは勝負の常だ。

敗れての帰国。その前夜に立ち寄った選手と、倉岡氏は眼光を鋭くして向き合った。いまこそ必要なのは、次の勝負に立ち向かう精神力だと、氏の眼光が告げていた。

勝負の非情を、氏は剣道を通じて骨身に刻《きざ》みつけていたのだ。

今年（二〇一八年）の全米オープンの覇者《はしゃ》D選手は十七歳から「レストラン日本」に顔を出していたそうだ。

初めのころは技量が通用せず、初戦敗退もあったという。失意のD選手を励ましたのは、おもに境子さんだった。

生来の天才プレーヤーだったのだろう。やがてD選手は頭角を現し、ついにはチャンピオンの座に到達した。

倉岡氏から光る眼で激励され続けてきた、恩義あり。

全米オープン初制覇のあとも、D選手は毎年「レストラン日本」を訪れ続けた。

そして境子さんとの再会を、心底の喜びで表現してきた。

伊達公子《だてきみこ》選手も錦織圭《にしこりけい》選手も、「レストラン日本」を大事にしている。倉岡氏の支援に、深い感謝の念を抱いているからだ。

そんな倉岡夫妻が、昨年十月に境子さん、今年一月に倉岡氏と、相次ぎ逝去《せいきょ》された。

折しも全豪オープン予選が行われていた。倉岡夫妻の逝去を悼《いた》んで日本人選手全員が、袖口に喪章《もしょう》をつけて戦った。

*

二〇一七年のD選手は、怪我《けが》を負って苦しんでいた。どの大会の覇者からも、遠ざかる結果の一年となった。

もはやDの時代は過ぎ去ったと、スポーツ・マスコミは報じ始めていた。

その彼が、二〇一八年ウィンブルドン選手権で優勝した。見事な復活である。

全米オープン前哨戦《ぜんしょうせん》でもあるシンシナティでも、勢いのある優勝を成し遂《と》げた。試合終了後、彼はシンシナティからニューヨークのラガーディア空港に直行。空港から真《ま》っ直《す》ぐ「レストラン日本」を訪れた。

入り口に飾られた倉岡夫妻の遺影に合掌《がっしょう》したあと、優勝祝賀の会食に臨んだという。大恩ある倉岡夫妻への弔問《ちょうもん》が目的の、空港からの直行だった。

レストラン日本副社長の馬越《まこし》氏は、D選手にひとつの頼みを口にした。

「倉岡夫妻への追悼《ついとう》メッセージをいただけないか」と。

彼は快諾した。馬越氏が用意したウィンブルドン優勝写真の下部に、その場でメッセージを認《したた》めた。

余白を一杯に使い、身のうちから湧《わ》き出る追悼の思いを、一気に記してくれた。

倉岡氏もD選手も、ともに超一流の勝負師である。

相手と向き合うとき、背負っているのは「勝利」の二文字だ。

八十六歳の倉岡氏と三十一歳のD選手とでは、世代は違う。しかし倉岡氏が貫いてきた孤高を保つ重さを、彼なればこそ感じ取ったのではなかろうか。

出番に備えよ

二〇一八年八月、逗留《とうりゅう》中のアパートに電話がかかってきた。

「娘がロングアイランドのサマースクールから、帰国します」

帰国前日、部屋に泊めてほしいとの電話だった。十四歳で、ひとり外地で頑張っているると知り、家内は受ける気になった。

ただし寝室はひとつで、居間のソファ・ベッドは次男が使っていた。来春卒業前の夏休みで、途中から合流していたのだ。

米国でこどもを預かると、一瞬たりとも気は抜けない。が、一泊ならばと引き受けた。

ところがスクールで一緒だった高校生男子も同行すると。

男子まで責任は負えない。しかし、引き受けたあとである。

長い付き合いの仕事仲間からの頼みだった。が、彼は十四歳の娘を、外地で預けることに、余りにも無知・無自覚だった。

話では、うちに一泊した翌朝、ラガーディア空港まで送るという条件だった。だが、実際にはニューアーク空港の間違いだった。

ニューアーク空港は隣のニュージャージー州の空港で、都心～成田《なりた》以上の移動だ。かくして雨の土曜日早朝、地下鉄と列車を乗り継いで、預かったこどもふたりとともに家内と次男は空港に向かった。

原稿締切当日で、わたしはアパートに残った。

空港で決定的な問題が生じた。

「航空会社のカウンターで、サインだけすればＯＫですから」

彼の情報は全くの誤りだった。

「写真つきＩＤ（旅券など）の提示なしでは、こどもは受け取れない」

と拒絶された。

次男は日本の運転免許証を持っていたが、係員には読めない。家内はなにも持っていなかった。

「明日、もう一度出直して」

交渉の余地など皆無《かいむ》である。しかしこどもの泣きそうな顔を見て、係員も譲歩を示した。

「日本人のＩＤ持参者が提示しサインすれば、それでもいい」

家内は出発ロビーを探しまくった。が、ニューアーク空港利用の日本人は多くない。

幸いにもカナダのトロント便チェックインの列に並んでいた、日本人母娘《おやこ》を見つけた。

「お願いがあります」

懸命に頼み込む家内に、母と娘（Ｗさん）が応じてくれた。並んでいた列から、外《はず》れてくれたのだ。

そして家内はこの母娘とともに、不安げな表情のこどもたちが待っていた、成田便カウンターに戻った。

旅券提示とサインを受けた係員は、約束通り搭乗を許可した。

しかし、まだ先があった。

「搭乗機のドアが閉じるまで、スタッフと一緒にゲートで待機するように」

そんなことまでしていたら、Wさんたちはトロント便に乗り遅れてしまう。

ところがWさんは流麗《りゅうれい》な英語で「承知しました」と即答された。

無事に見送りが終わったとき、トロント便は出発していた。

突然の頼みごとを受けてくださった結果、ふたりの旅程が崩れてしまった。

「本当に申しわけありません」

詫《わ》びを重ねる家内に、Wさんの母親が身分を明かしてくれた。

Wさんは全日空の国際線CA（客室乗務員）だった。

「休暇中の娘と、ニューヨークとカナダ旅行の途中です」

搭乗予定便に乗り遅れたことにはひとことも触れず、Wさんの母親は笑顔で話してくださった。

搭乗ゲートまで同行を求められても、当然と受け止めてくれた理由も、これでわかった。

古い付き合いの全日空のOB氏に、マンハッタンから電話した。どれほどWさんに感謝しているか、思いのたけをOB氏に話した。

「かなうことなら帰国後、Wさんにお礼を申し上げたい」

願いはOB氏と同社秘書部の計《はか》らいで、十月初旬に実現した。

Wさんは学生時代、カナダで短期ホームステイを体験していた。その折、現地の女性に困っているところを助けられたという。

「次はあなたが、困っているひとを助けてあげる番ですよ」

Wさんはその言葉を、常に胸に抱いておられた。

「今回のことが、その番だと確信できましたから」

気負いもなく話してくれた慈愛《じあい》に充《み》ちた笑顔には、心底の想《おも》いが、くっきり浮かんでいた。

出番に備えよ。

うかがいながら、聖書の言葉を身体《からだ》の芯《しん》に刻《きざ》んでいた。

台湾・中国・香港にて

失と存

象牙《ぞうげ》の透かし彫り技法の取材で、五十年ぶりに台北《タイペイ》を訪れた。

旅行会社勤務時代、初めての海外添乗先が台北だった。

一九六七年（昭和四十二）五月のことだ。

添乗員には二年間有効の、数次旅券が発給された。現在の十年間有効旅券に比べれば、ページ数が少なかった。

あの当時の中華民国（台湾）入国には査証《ビザ》が必要だった。旅券一ページに、査証スタンプが押印された。

台北に向かう団体客の大半は男性、という時代である。

羽田国際空港を離陸し、台北・松山《ソンシャン》空港へ。入国後は短時間の市内観光を楽しんで、台北市内に投宿した。

翌日は半日市内観光のあと、北投《ペイトウ》温泉に向かった。

入社二年目、まだ十九歳でしかないわたしでも、あのころは何度もサブ添乗員で台湾を訪れていた。

数次旅券が台湾の査証と出入国記録で一杯になり、旅券の合本申請をした。日本も台湾も、ともに発展途上国だった時代である。

＊

二〇一七年十一月。あの添乗から半世紀が過ぎてから、台湾を再び訪れた。

羽田発の搭乗便は三時間少々で、昔と同じ松山空港に着陸し、台湾に入国した。観光なら査証無用となっていたし、記憶とは別の国を訪れた、という感がした。一年足らずの間に、十回以上もこの空港に降りたったのに。

空港の周囲の景観には、なにひとつ見覚えがなかった。

過ぎた半世紀が景観を激変させた。しかしこれは、東京も台北も同じようなものだ。

再訪問の目的は、透かし彫り技法の取材だ。加えて、二つの思い出の地を訪ねたかった。

円環《えんかん》と、モンゴリアン・バーベキューの店だ。

円環は台北駅から、さほど遠くないと記憶していた。名称通りの円形市場で、多種類の食べ物屋台がひしめき合っていた。

台湾ツアー添乗のたびに、自由時間には欠かさず円環を訪れた。屋台で食べた焼きビーフン、しじみ、腸詰め、餃子《ぎょうざ》などの、なんと美味《うま》かったことか。

「なくなって、すでに久しいよ」

出発前に聞かされた通り、円環は失《う》せていた。地名と小さなロータリーだけが残っており、跡地はビルに取り囲まれていた。

思いを込めて、ロータリーの石畳を見詰めた。

初めてこの地に立ったのは十九歳の五月。六十九歳となった足で石畳を踏んでも、往時の喧騒《けんそう》を感じることはかなわなかった。

モンゴリアン・バーベキューは当時の松山空港近くで、赤土の地所に立つ平屋の店だった。

北投温泉に向かう前の昼食場所で、ここにも毎回大型バスで訪れていた。

店も赤土の地所もなかった。跡地とおぼしき場所には、鉄筋ビルが連《つら》なっていた。

店はなくとも味は覚えている。

冷凍薄切りマトン・ポーク・ビーフと、多種類の野菜をどんぶりに取る。醤油《しょうゆ》・ビネガー・ラー油・食用油などを肉と野菜に注《そそ》ぎ、どんぶりを料理人に差し出した。

調理場中央の円形鉄板に、料理人は中身を振り撒《ま》いた。

真っ赤に熾《お》きたコークスで焼かれた鉄板は、凄《すさ》まじい音を立てた。料理人は長い箸《はし》でてきぱき巧《たく》みに炒《いた》めたあと、どんぶりに戻して出来上がりである。

中身なしの饅頭《マントー》を主食代わりに、熱々の肉野菜炒めを食した。

好みで味付けされたこの料理は、だれもがお代わりに立った人気のランチだった。嬉《うれ》しいことに、モンゴリアン・バーベキューは別の場所に、昔ながらの形で残っていた。しかも土曜日は調理待ちの長い列ができる人気ぶりだ。

日本も台湾も、猛烈な勢いで経済成長を続けてきた。近代化の土地活用を続ける台北には、円環はもはや無用かもしれない。

が、野菜炒めは市民が遺《のこ》した。円形の鉄板も、長い箸を器用に使う料理人の技《わざ》も遺っている。たかが肉野菜炒め。されど伝承される技も道具も奥深い。

あまのはら

二〇一九年二月号から月刊誌『潮《うしお》』で、中国の職人を主人公とする短編連作を開始する。

唐《とう》時代も連作舞台ゆえ、当時の首都長安《ちょうあん》（現西安《シーアン》）を訪れた。

中国の唐王朝全盛期を統《す》べていたのは、玄宗《げんそう》皇帝である。

西暦七一二年から七五六年まで、四十四年間の在位だ。

玄宗は即位前の七〇二年に、日本人僧侶弁正《べんせい》と邂逅《かいこう》した。

弁正の高き識見、人柄の高潔さに感銘を覚えたのだろう。玄宗は即位したあと、遣唐使《けんとうし》に対しては、他国からの使者以上に厚遇せよと、官吏《かんり》に指示したという。

北方の外敵を討伐し、国に安泰をもたらした。内政においては税制改革を断行し、租税の減税を図った。地方駐屯《ちゅうとん》の軍隊と中央との財務統括も実行し、報酬格差への不満を解消した。

希代《きだい》の名君とまで称《たた》えられた玄宗皇帝だが、後期治世に対する歴史家の評価は厳しい。

＊

傾国《けいこく》の美女・楊貴妃《ようきひ》との出会いは西暦七四〇年。玄宗五十五歳の春だった。寵愛《ちょうあい》してきた武恵妃《ぶけいひ》が没したのは七三七年。三年後、息子の妃であった楊玉環《ぎょくかん》を召し上げて、貴妃に就《つ》けた。

楊貴妃は舞踊《ぶよう》に長《た》けており、玄宗は音曲《おんぎょく》を好んだ。楊貴妃のために設けた温泉地（離宮）には、梨の広大な園があった。

巨大都市・長安郊外の離宮に入り浸《びた》りとなった玄宗は、梨の花の下で宴《うたげ》を催《もよお》し続けた。「梨園《りえん》」の語の興《おこ》りである。

＊

霊亀《れいき》三年（七一七）初夏。第九次遣唐使として、二十歳《はたち》だった阿倍仲麻呂《あべのなかまろ》は渡唐した。

抜きんでた秀才ぶりには、即位八年目の玄宗皇帝も刮目《かつもく》した。

「科挙《かきょ》を受けてみよ」

皇帝みずから受験を命じた科挙とは、隋《ずい》時代に制定された官僚登用試験である。

玄宗皇帝の時代には、六科目の超難関試験となっていた。合格者には栄達が確約されていた。

阿倍仲麻呂は合格を果たした。

内政改革に邁進《まいしん》していた玄宗は、仲麻呂に中国名朝衡《ちょうこう》を授けて重用《ちょうよう》した。

上級官僚となった朝衡は、宮殿の奥に入った。建家《たてや》だけでも唐王朝の大きさは想像を絶する。

西安に現存する明《みん》時代の城壁は、長さ十四キロで高さは十メートル超もある。が、地図に描かれた唐の都は、はるかに大きい。

帝国内での栄達を果たした朝衡だが、望郷の思いは募《つの》るばかりだ。幾度も皇帝に帰国を願い出たが、その都度却下《きゃっか》された。

玄宗皇帝の政治に、朝衡は欠かせぬ人材だったのだ。

楊貴妃の出現で、名君玄宗皇帝が政治への興味を失った。離宮で歌舞《かぶ》音曲にふけるのが、生きる最大の目的と化していた。四度目の請願を携えてきた朝衡に、離宮にて許可を与えた。七一七年の渡唐以来、三十六年目に得られた皇帝の裁可だった。帰国する使節団に加わった朝衡は、和名阿倍仲麻呂に戻った。長安から明州《めいしゅう》（現寧波《ニンポー》市、杭州湾の沿岸部）まで、千五百キロ超の陸路を進んだ。船出を待つ一夜、道中案内の唐人たちと別離の宴を催した。

天《あま》の原　ふりさけ見れば　春日なる
　三笠《みかさ》の山に　出《い》でし月かも

望郷の歌とされているが、現地を訪れて、理解は変わった。空も海も奈良につながっている。五十路《いそじ》を超えて、やっと帰国できるのだ。長安を手本として、奈良にも都を造ろう。建築図面は仲麻呂のあたまに刻《きざ》まれていたし、木片にも描かれていた。

唐での経験を故国において役立てようと、気持ちを昂《たか》ぶらせて詠《よ》んだ一首ではなかろうか。

ところが船は難破。使節団に託した図面と歌だけが帰国した。仲麻呂は生還した長安で没した。

*

長安のふところは無限に深い。

七四〇年代に設けた離宮の先には、紀元前二一〇年代の兵馬俑《へいばよう》が、時空を超えて共にある。

彼《か》の地に立てば、歴史が放つダイナミズムを実感できよう。

玄宗皇帝王宮跡地の公園では、阿倍仲麻呂の碑も待っている。

温故知新、再び

「香港・マカオ五日間の旅」初添乗は、一九六八年（昭和四十三）二月のことだ。

香港滞在中の一泊二日を、マカオ観光に充《あ》てる行程だった。

スターフェリー桟橋《さんばし》から、水中翼船《すいちゅうよくせん》でマカオに向かった。

あの日はあいにくの雨。マカオ到着と同時に、多数のお客様が吐き気を催《もよお》した船旅となった。

いまでは世界遺産のセントポール天主堂跡と、近くの大砲台。

当節はマカオ屈指の人気スポットだ。寺院手前、石段下の広場は、週日の午後でも各国からの観光客で賑《にぎ》わっていた。

しかしあのとき案内したお客様には、まるで受けなかった。

全員が五十代の男性ばかり。農繁期は夜明け前から日没まで、農作業に追われる方々だった。

現代とは違い、田植えから稲刈りまで、大半を人の手でこなしていた時代の話だ。しかも例外なく、太平洋戦争を潜《くぐ》り抜けておられた。なかには中国戦線の体験者もおいでだった。

大砲が並んだ砲台跡など、見たくもなかったのかもしれない。

まだ二十歳《はたち》だった若造添乗員には、お客様の複雑な気持ちも、農作業の大変さも察することができなかった。

観光は早々に切り上げて、あの時代のマカオでは唯一《ゆいいつ》に近かったリ、ス、ボ、ア、ホ、テ、ル、に向かった。

お客様のお目当てはカジノだ。往路の水中翼船では大揺れの船内で、カジノ談義が弾《はず》んでいた。

ホテル一階のカジノでは気が昂《たか》ぶった土地の人々が、紙幣のかたまりをカジノ・テーブルに、ど、さ、っと張っていた。

団体客の大半は、惜《お》しくもカジノでは負けたらしい。帰りは上天気だったのに、船内は静まり返っていた。

*

あれから半世紀以上が過ぎた、今年（二〇一九年）四月中旬。

香港とマカオのマリタイム・ミュージアムを訪れる旅に出た。

羽田発の深夜便で着いた香港は、未知の大空港に変身していた。

まだ未明の午前四時半なのに、入国審査場は七重八重の長蛇《ちょうだ》。通過には一時間を要した。

半世紀前の旅でも、深夜運航のチャーター便利用である。入管前は日本人だらけだった。

いまは日本人旅行者は少数派。

中国人と、欧米・中東・インド・アジア諸国からの旅行者が、審査待ちの長い列を作っていた。

空港バスターミナルから、マカオ行きのバスに乗った。

なんと五十五キロもの海上橋を走り、香港空港からわずか三十分でマカオに到着できた。

まだ薄暗いなかの雨中走行だったが、水中翼船のような揺れもない。途中から居眠りしていた。

月曜日の早朝到着でも、バスは満席の盛況である。

中国人の若者たちが我々のトランク二個とPCモニター箱を、手渡しリレーで下ろしてくれた。

かつてはわたしがマカオ桟橋《さんばし》で、お客様の手荷物の積み下ろしで汗をかいていたのにと、到着するなり添乗員時代を思い出した。

到着日の午後、旧市街をカミさんと巡《めぐ》り歩いた。

家並みも広場も、ポルトガルと中国の文化が融合したものというのが、世界遺産の登録理由だ。

歩くなかで角を曲がって道が変わると、建物の形も色も違っていた。ポルトガル人が明《みん》王朝の職人を使って仕上げた、文化の合作だ。

淡い色塗装の家屋。アーチのついたテラス。丸みのある玄関や窓は、まさに渡来の文化だろう。

昔は坂道両側の家並みすら見ないで、ただ旗を持って引率し、先を急いでいた。

＊

過ぎた時のなかで、マカオは随所《ずいしょ》で激変を遂《と》げていた。

あのリスボアホテルを彩《いろど》るネオンを見上げながら、昔の記憶を重ねようとした。が、それはもはや無駄な回顧に過ぎぬと自覚した。

古い家並みと、幾世紀を経た石畳。そして天主堂跡。

世界遺産に加えて、いまは巨大カジノも人気だ。多目的に観光客を魅了する工夫《くふう》が続いている。

天主堂跡が壁でしかないのは、昔も今も同じだ。記念写真の背景だった壁を、慈《いつく》しみながら触れた。

流れ過ぎた時間が、もしもひとに成熟を与えてくれるなら……。

再訪の旅も捨てがたい。

第二部　ドライブ道すがら

五十年目の初邂逅

一九六〇年代にNHKが放送した『ルート66』は、当時の人気番組だった。アメリカと日本との生活格差を、番組から痛感した。

一九六二年（昭和三十七）五月、中三の一学期に高知から上京し、渋谷区富ケ谷《とみがや》の読売新聞販売店に住み込みを始めた。

区内の大山町と西原が配達区域。四百部の朝刊を配達したあと、区立中学校に通った。

学校から帰ると夕刊が待っていた。晩飯後は、翌朝の折込チラシの準備をした。板の間で十種以上のチラシをセットしながらテレビの音声を聞いた。画面を見ていては、セットがおろそかになるからだ。

しかし『ルート66』は手を止めて画面に見入った。

主人公はバズとトッドの若者ふたりである。白いオープンカーで奔《はし》るルート66沿線の景観、人々の暮らしぶりは、東京と比べて大きさも豊かさもまるで違っていた。大きな町（都市）では、片側四車線もある幅広い道路が出てきた。東京には首都高速すら開通していなかった。

毎回のストーリー以上に、アメリカの先進国ぶりを見るのが大きな楽しみだった。配達区域には外国人居住者も多く、英字新聞を配達した。中高生向け英字新聞の『スチューデント・タイムズ』には、毎週ペンパル募集の告知が掲載されていた。ミズーリ州カンザスシティー在住の女子中学生、パム・マウチ。地名を目にしたその日のうちに、手紙を書き始めた。

西部劇とルート66とが、一緒になって近寄ってきたと思えたからだ。

ジョン・ウェインが大好きで、西部劇を好んで観《み》ていた。カンザスシティーは映画によく出てくる地名だった。

ミズーリ州はルート66が走る州だ。毎週のドラマで、州名をよく聞いていた。富ヶ谷の文房具屋さんに駆け込み、エアメールの便箋《びんせん》と封筒を買い求めた。「赤尾の豆単」（当時の英単語集）を頼りに、生まれて初めて英語の手紙を書いた。

封筒も便箋も重さ軽減のため、ペラペラの薄紙である。新聞販売店から八軒先が郵便局で、入り口脇には赤と青のポストが並んでいた。速達とエアメールは青のポストだ。

この手紙がルート66のミズーリに届くのだと思うと、晴れがましさを覚えた。切手代は九十円だったと思う。封書が十円の時代である。九十円切手は郵便局でしか買えなかった。

投函して四週間が過ぎたころ、パムからの返事が届いた。

封筒も便箋もピンク色で、紙は厚手だ。封筒の左上に貼られた切手には二十五セントの金額と、USAの文字が印刷されていた。

一九六二年九月、お互い十四歳だった。

パムへの手紙をきちんとした英語で書きたくて、ワシントンハイツの配達を願い出た。いまの代々木《よよぎ》公園全域が、米空軍将校の居住区ワシントンハイツだった。

百部の英字新聞を全力で配ったあと、ハイツ内のこどもたちと遊んだ。そして彼らから英語を学んだ。

一年が過ぎた一九六三年十一月二十二日、ダラスでジョン・F・ケネディ大統領が狙撃《そげき》され死亡した。その二年後には、パムの父親が急逝《きゅうせい》した。

わたしは短い間に二度も、哀《かな》しみの銀色カードを受け取った。

文通開始の一九六二年以来、間に十数年のブランクもあったが、パムとの交流はいまでも続いている。当節はメールが大半だが。

それでも互いの誕生日とクリスマスには、カードを贈りあっている。

＊

二〇〇九年に、わたしは初めてマンハッタンを訪れた。

『ティファニーで朝食を』

『ウエストサイド物語』

『ニューヨーク・ニューヨーク』

数え始めたら際限なく映画タイトルが浮かぶ。思春期から三十代までは、アメリカ映画から文化・風俗を吸収したし、憧《あこが》れもした。マンハッタン五番街の南端には凱旋《がいせん》門《もん》とワシントン・スクエアがある。初めてこの場所に立った二〇〇九年三月二十二日は、氷雨《ひさめ》模様だった。凍《こご》えた指先に息を吹きかけながら、ひたすら北に向かって歩いた。セントラルパーク近くの五十七丁目交差点東側の角には、ティファニー宝石店の石造りのビルが建っていた。

あの名作の冒頭では、朝ぼらけの町の店先に、黄色いタクシーが停《と》まる。下車したヘップバーンは宝石店の前で、紙袋からコーヒーとドーナツを取り出した。

首をかしげながらドーナツをかじり、ウインドーを見詰める……。

映画のシーンそのままの宝石店前に立ち、石壁に手をあてた。凍えた石だったが、わたしの手のひらは気の昂《たか》ぶりで熱くなっていた。

顚末《てんまつ》をマンハッタンからパムに電話した。パムも思春期にカンザスシティーで、この映画を観ていた。

十代に観た映画について、還暦を過ぎてから、舞台となったマンハッタンからの電話で話し合った。映画への感じ方は違っていたが、同時代を過ごしたと実感できたのは心地《ここち》よかった。

還暦のいわれも電話で説明した。

「六十でゼロに戻るなんて、素敵な仕組みね」

言ったあと、パムは「文通開始から今年でもう四十七年になるのね」と、感慨深げにつぶやいた。

「いつの日にか、マンハッタンで逢《あ》えると素敵よね」

パムの言葉を聞いたとき、ひとつのアイデアが浮かんだ。

「文通開始から五十年目の二〇一二年に、アメリカのどこかで逢おうじゃないか」

できればルート66が通っている、ミズーリ州の町がいいと、パムに提案した。

「キュートなアイデアだわ！」

パムが甲高《かんだか》い声で応《こた》えた。

「二〇一二年までには、まだ三年もある。ゆっくりプランしよう」

「わたしもパトリック（夫）と相談してみる」

氷雨が降るマンハッタンからの電話で、話が決まった。

ルート66のどこかで、五十年目にして初めて顔を合わせるのだ。やり取りを重ねて、ミズーリ州ローラで逢うことが決まった。わたしはルート66始発地のシカゴから。パムは住んでいるミズーリ州コロンバスからとなった。ルート66経由で、である。

「文通開始五十周年の二〇一二年夏に、ルート66沿線のどこかで逢おう！」

二〇〇九年三月。マンハッタンからミズーリ州コロンバスのパムに、電話で伝えた。前年二月に、わたしは還暦を迎えた。しかも運転免許証書き替えという、巡《めぐ》り合わせの年だった。

散々迷った末に、免許証返納を決断した。視力の減退を痛感していたからだ。二〇〇二年一月に第百二十六回直木賞をいただいた。原稿量が激増し、同年七月には毎日が締切という状況を迎えていた。

メール利用なら、どこに居ようが原稿を瞬時に送れた。が、便利さを享受《きょうじゅ》する裏側で、視力がへたり始めていた。

PCモニターを終日見続ける状況が、目には厳しいものとなったようだ。度の強い眼鏡《めがね》を使えば、免許更新時の視力検査はパスできるとわかった。しかし日常生活で使える眼鏡ではなかった。

返納するか否《いな》か。迷いを抱《かか》えて運転を続けていたとき、赤信号が見えにくくなっているのに気づいた。この出来事で返納を決断した。

あの当時、ゼロクラウンを運転していた。北陸でも近畿でも四国でも、ステーションワゴンで快適なドライブを堪能《たんのう》していた。

原稿執筆のＰＣなどを収納した専用ケースもたっぷり積めたし、トルコン車（オートマチック車）ながら多段階のギア・チェンジが駆使できた。

下り坂ではハンドル裏のボタン操作でシフトダウンした。利《き》きのいいエンジンブレーキは、ワインディング・ロードでもストレスを感じずに運転できた。

パムと電話で五十周年に逢おうと話し合ったとき、すでに免許証は返納していた。

これからはゴールド免許を持つペーパードライバーのカミさんが運転するのだ。帰国後、妻は教習所に通い、ペーパードライバー講習を受け始めた。

その成果あって同年夏の国内取材旅行では、わたしはステーションワゴンの助手席に座っていた。

その二〇〇九年から『ジョン・マン』の取材を始めた。米国の捕鯨船《ほげいせん》に救助された日本人・中濱万《なかはままん》次郎《じろう》の伝記小説である。

取材に向かった先はマサチューセッツ州ニューベッドフォードとフェアヘブン。

ニューベッドフォードはジョン・マンが初めて地べたを踏んだ米国本土である。対岸のフェアヘブンは、彼が生活を始めた土地だ。

ニューヨークをベースキャンプとしてレンタカーで北上し、取材を続けた。

二〇〇九年から二〇一一年までの三年間、ジョン・マンの足跡《そくせき》をたどって米国東部と西海岸カリフォルニア州の各地、ハワイ・オアフ島、グアム島などを訪れた。どの地でもレンタカーを利用した。

同時期の国内取材旅行でも、空港からレンタカー利用という旅が大半となった。エアー&レンタカーの利便性を、ジョン・マンの取材でたっぷり体験してきた帰結である。

二〇一二年の元日。カミさんと、その年夏に予定していた旅行の子細を話し合った。

ルート66のスタート基点はイリノイ州シカゴである。終点のサンタモニカまではイリノイ州・ミズーリ州・カンザス州・オクラホマ州・テキサス州・ニューメキシコ州・アリゾナ州・カリフォルニア州の順に、八州を通過する行程である。

シカゴ〜サンタモニカ間は、約二千四百マイル（約三千八百六十キロ）とされていた。長い長い国道の全行程を、カミさんがひとりでレンタカーを運転するのだ。同行する長男は二十一で次男は十六（いずれも当時）。運転免許証はカミさんしか持っていなかった。

「SUV車ならたっぷり荷物も積める。今年は車体の大きなクルマに慣れたほうがいい」

二〇一二年の時点では、我が家にクルマはなかった。義弟一家に譲っていたからだ。

家内とふたりで向かう取材や講演旅行などでは、空港でラクティスを借りていた。小型ながらルーフが高くて見通しがいいと、カミさんのお気に入りだった。

ルート66の旅では家族四人にカメラマンが加わり、総勢五人のプランだった。

パムとの歴史的初対面の決定的瞬間を、プロ・カメラマンに撮影してもらいたかった。

文藝春秋写真部の石川氏とは、一九九七年のオール讀物新人賞受賞時からの付き合いだ。

「家族旅行なので、たとえ出版することになっても自費で旅行します」

石川氏に限り、出張扱いにできないかと文春に打診した。

旅行記を出版するか否かは、そのときの情勢で判断する——こんなゆるい取り決めで、石川氏の出張が許可された。

五人の旅ともなれば、スーツケースだけで八〜九個になる。大手レンタカー会社の

ＷＥＢサイトで、車種リストを検索。七人定員のＳＵＶ車を予約することにした。正月から半年以上を費《つい》やして、激走ルート66の準備を進めた。

＊

二〇一二年八月一日水曜日午前九時。カミさんが運転する七人定員のＳＵＶ車が、シカゴ市内のホテル前に横付けされた。

長旅のの、っ、け、から、パズルが始まった。

最後部のシートを畳み、荷物スペースを作り出した。九個のトランクをどう積むかは、向きと大きさを組み合わせるジグソーパズルだ。

荷物は片付いたが座席は減った。助手席に石川氏が座り、撮影の臨戦態勢が整った。

身長百七十六センチの長男・次男に挟《はさ》まれて、わたしは肩をすぼめて後部座席の真ん中に乗るしかなかった。

初日は州内ブルーミントンに一泊し、二日目午後三時にセントルイスに到着した。

文通開始から半世紀を経て、初めてパムが住むミズーリ州の地を踏めた。セントルイスとコロンバスは大きく離れているが、ミズーリ州には違いなかった。

ここはメジャーリーグ、セントルイス・カージナルスの本拠地でもあった。一九五八年（昭和三十三）に、カージナルスが来日。地方遠征で、当時の阪急ブレーブスと高知にやってきた。

あのカージナルスのスタジアムがあるぞと、狭い座席でひとり興奮した。

セントルイスには二泊した。観光名所の巨大アーチは、ミシシッピ川を正面に見る場所にあった。あいにくひどい渇水《かっすい》に見舞われており、大河は干上がり悪臭を放っていた。

スタジアム周辺も閑散《かんさん》としている。町には不景気風が吹き荒れているのを実感した。

しかしわたしはミズーリ州に立てていた。次の宿泊地ローラでは、パムに逢える！

予約済みモーテルの景観をＷＥＢサイトで何度も確認し、気を昂ぶらせた。

セントルイスのランドマーク、ゲートウェイ・アーチ。

高さ六百三十フィート（約百九十二メートル）もある巨大アーチは、アメリカ合衆国一の大河、ミシシッピ川に臨んで建っていた。

米国人ならだれもが知っているであろう、長さ三千七百八十キロの豊かな流れだ。ミュージカル映画『Show Boat』では、桟橋《さんばし》を離れる外輪船がラストシーンだ。船が走りゆく川がミシシッピ川だ。

高二（一九六四年）の夏休み。リバイバル上映中の本作を名画座で初めて観た。あのラストシーンに、強い感銘を覚えた。

挿入歌『オールマンリバー』を歌う黒人男優の、豊かな低音の響《ひび》きに魅了された。観た日の夜、パムに手紙を書いた。返事が届くまでの一カ月余の日々、クラスの仲間に映画の素晴らしさを喋《しゃべ》りまくった。

が、反応は冷ややかだった。日本初公開は一九五二年で、十二年も昔の映画だ。しかも名画座で観たあのときは、東京五輪開幕を二カ月後に控えていた。

古いミュージカル映画に興味を示す仲間は皆無《かいむ》だった。

『オールマンリバー』は、近づく東京五輪とはなんの関係もない映画の挿入歌だった。

一カ月後に届いたパムの返事には、ラストシーンを使った映画を紹介した、古い映画雑誌の切り抜きが同封されていた。

普通紙コピー機など、米国でも一般市民の周辺には存在していなかった。

パムは雑誌のバックナンバーを探し、切り抜きを送ってきてくれていた。

「映画のラストはミシシッピ州が舞台です。川の眺めは違うけど、ミズーリ州セントルイスに行けば、ミシシッピ川を見ることができます」

返事を受け取ったのは一九六四年九月下旬だった。四十八年が過ぎた夏、アーチの前に立ち、ミシシッピ川を間近に見た。

あの年の米国中西部は大渇水の夏で、大河の流れは惜《お》しくもひどく痩《や》せていた。

ゲートウェイ・アーチ前には、Show Boat ならぬレストラン・ボートが舫《もや》われていた。大河を行き交う船影を眺めつつ食べる、新鮮な川魚料理が売り物なのだろう。

しかし川は悪臭を漂わせていた。

ローラまでの街道沿いで軽いランチをと予定変更し、セントルイスを離れた。

＊

「八月四日土曜日の午後四時に、Baymont Inn Rollaのロビーで」

約束を交わしたモーテルは、ルート66経由で百五十マイル先だ。真夏の太陽にルーフを炙《あぶ》られながらの出発となった。

ローラには約束の時刻より一時間以上も早く到着できた。どのモーテルでも屋根付きの車寄せに停めて後部ドアを跳《は》ね上げ、九個のスーツケースを長男・次男が下ろす……これがモーテル到着後の最初のアクションだった。ところがローラではすでに二台が停まっていて、車寄せには入れなかった。仕方なく五十メートルほど離れた場所に駐車した。

シカゴ出発後、ブルーミントンとセントルイスでは、石川カメラマンも荷物下ろしに加わってきた。

ローラでは直《ただ》ちに撮影準備を始めた。パムとの五十年目の初邂逅《はつかいこう》の瞬間を、撮り逃さぬためである。

モーテル到着前、石川氏とは車中で打ち合わせを重ねていた。

車寄せでわたしとカミさん、長男、次男の四人が待ち構えている。

到着したパム夫妻が近づいてくる。

途中でわたしが駆け寄り、パムと五十年目にして初めてのハグをする。

この絵を撮るための準備を始めたのだ。

ところが……、レフ（反射）板を開いていた石川氏が、苦しげな重たい声を漏《も》らした。

「あのひと、パムさんじゃないですか？」

わたしと同年配の大柄な痩身《そうしん》女性が、撮影準備中のこちらに向かってきていた。

パムの写真を見たのは、彼女が二十四歳のときの、愛犬と並んでいる一葉が最新のものだった。

添乗員でエッフェル塔の下で撮った、二十一歳のときの写真以降、わたしも送っていなかった。

六十四歳となったいまでは、ふたりとも相当に写真とは様子が違っているはずだ。

しかしルート66沿いの田舎《いなか》町、ローラのモーテルである。土地ではあまり見かけないであろう東洋人が五人もいるのだ。

パムは真《ま》っ直《す》ぐ向かってきた。

わたしも近寄り、声を発した。

「パム？」

「イエス、イッツ・ミー！」

お互い、嬉《うれ》しくて。それでいながら、どこか恥ずかしげな声を交わした。

初のハグもしっかりできた。が、パムは百七十五センチだが、わたしは百六十五センチ。パムは膝を曲げて、身長差を埋めてくれた。

*

夕食の場所はカミさんが手配した。ローラで一番だと評判の、ステーキハウスである。

「パトリック（パムのご主人）は、酒は飲めるひとですか？」

半世紀以上も昔に習った英語教科書『Jack and Betty』の例文のような、堅苦しい表現で問いかけてしまった。

「彼はワインがとっても好きで、わたしも好きです。ケンは？」

こちらの英語力に合わせて、パムは易《やさ》しい単語で答えてくれた。

飲めるとわかり、クルマはモーテルに残してタクシーを呼ぶことになった。

フロントとのタクシー手配の交渉は、パムにお願いした。

「町に二台しかないらしいけど、二台ともいまなら空《あ》いているそうよ」

全員が幸運を喜んだ。まさか二台しかないとは、考えてもみなかったから。

待つこと二十分で、その二台が車寄せに到着した。

日本で一九八一年に公開された『ブルース・ブラザース』に出てきた中古のパトカー。

見た目もそっくりなクルマに、ウエスタン帽子をかぶったドライバーと、魔女装《しよう》束《ぞく》かと勘違いしそうな女性が乗っていた。

行き先はパムに告げてもらった。

「OK！」

答えたのは魔女だった。走り出したあとも、いちいち魔女がウエスタン帽に指図《さしず》した。

後部座席には四人が横並びに座した。窮屈感がないのは、古いアメ車ならではだ。

ルート66を十五分走り、目指すステーキハウスに到着した。

ローラはルート66沿いの小さな町だが、大学を抱《かか》えたキャンパス・タウンだ。

土曜日夜のステーキハウスは、大学生たちのパーティー会場も同然だった。が、予約していたことで、衝立《ついたて》仕切りの一角が用意されていた。

ステーキの注文はパム夫妻に委《ゆだ》ねた。幸いなことにパムの旦那《だんな》パトリックはステーキが大好物という男だ。

遠来の友のために、見事なホストぶりを発揮してくれた。

肉の部位、焼き方、そして併《あわ》せて飲むワインの好み……、これらをひとりずつ確かめて、注文をつないでくれた。

会話の折、わたしの錆《さ》びついた英語を補佐してくれたのは長男である。当時のわたしは六十四で、長男は大学生の二十一。

老いては子に従えを、あの夜は痛感した。

パトリックのオーダーが素晴らしく、各自に供されたステーキの焼き具合は、どれも望んだ通りの仕上がりだった。

ステーキの鉄皿は、かざした手のひらが熱を感じるほどに分厚《ぶあつ》い。その鉄皿で焼かれることまで計算した、達人の焼き具合だった。

わたしは九オンスのフィレをレアで、と頼んだ。供されたステーキはブロック肉である。外側は焦げ目がついていたが、ナイフを入れると肉汁が鉄皿に落ち、音を立てた。

焼き加減、肉質ともに最上である。切り分けたレアを鉄皿に押しつけると、まだ音を立てていた。

なにより驚いたのは、醤油《しょうゆ》を思わせる味がソースに潜《ひそ》んでいたことだ。

「醤油の味がするようだけど」

「確かにしますね」

カメラマンの石川氏と、うなずき合った。

中西部のローラでは滅多《めった》に見かけることのない、東洋人の集団である。

「いったいどういう間柄《あいだがら》なの？」

店のママに問われたパムは、事情を細かに説明した。

十四歳で始めた文通相手と五十年目に、今日初めて逢ったのとパムが話したときは、

「ワンダフル！」

手を叩《たた》いて喜んだママは、手の空いたところで店主を呼び寄せた。そして今夜の集《つど》いの事情を店主に聞かせた。

「わたしはミサワ空軍基地に、五年間勤務していた」

この返事には、その場にいた全員が仰天《ぎようてん》した。

「ステーキソースに醬油を加える調理方法は、ミサワの経験を活《い》かしたものだ」

退役後、この地でステーキハウスを始めたそうだ。彼は日本人が大勢いたことに驚き、そして大喜びした。

「開店して十六年になるが、これほど大人数の日本人に食べてもらえたのは初めてだ」

大喜びし感激もした店主は、我々に特大のボーナスをくれた。

「タクシーを二台、お願いします」

パムが頼んでくれたとき、わたしはまたあの魔女タクシーかとげんなりした。そのとき、

「タクシーはいらない。わたしがモーテルまで送ろう」

自家用ワゴン車を、店主みずから運転して送り届けてくれたのだ。

「チップをどうすればいい?」

わたしの問いかけに、パムは困惑顔《こんわくがお》の小声で答えた。

「普通、この距離ならひとり一ドルの計算でいいけど……」

下車のあとで礼の言葉を重ねてから、パムと一緒に二十ドル札を手渡そうとした。

彼は札を見ようともしなかった。

「チップは店で充分にもらった。車を出したのは、わたしからの五十周年祝いだ」

モーテルを出ていく車の赤いテールランプ。見えなくなるまで、全員で見送った。

＊

モーテルのロビーでは、深夜まで歓談が続いた。

「ケンに見せるために持参したの」

パムは鍵《かぎ》つきの革バッグをテーブルに載《の》せた。鍵の部分の真鍮《しんちゅう》も、バッグを縛《しば》るベルトの頑丈《がんじょう》な作りも、遠くなった六〇年代を感じさせた。

バッグには、わたしがパムに出したエアメールが、最初の一通目からすべて納められていた。

息を詰まらせたら、パムが微笑《ほほえ》んだ。

「わたしは性格が几帳面《きちょうめん》だから、精神科医になったのかもしれないわね」

テーブルに取り出したのは、エアメールだけではなかった。

一九六二年にパムから送ってもらった写真で、絵皿を作った。当時の新宿伊勢丹は

「フォトチャイナ」作りを受けていた。

写真を磁器の皿に焼き付けた絵皿だ。

パムに船便で送っていたのを、送った当人が忘れていた。太平洋を無傷で渡っていた絵皿と、半世紀を経て対面した。

もうひとつ、あのころの渋谷を写した写真も、多数保存されていた。なかの一葉、いまはない東急文化会館を撮った写真を見て、つい吐息《といき》が漏《も》れた。東急文化会館一階には、洋画ロードショー劇場「渋谷パンテオン」があった。一葉は一九六三年六月に封切られた『００７ドクター・ノオ』の大看板を撮っていた。渋谷の歴史の一コマを、何千キロも離れたミズーリ州カンザスシティーの女子高生が、大事に保管してくれていた。

パムはこの他にも、一九六四年の東京オリンピック記念絵はがきや、パンフレットも、革バッグに納めてくれていた。

他方のわたしは、ほとんど手元に残っていない。二度の離婚による転居などで、大半を失ってしまった。

正直に打ち明けたら、パムは患者を診察するような表情になった。

「五十周年以降のものは、なくさないでね」

「はいっ！」

先生に叱《しか》られた生徒のような返事をした。

翌日昼、中国料理で別離を惜しんだ。

「また逢おうね」

「かならず逢おう」

互いに思いを込めた言葉を交わした。

パトリックの運転する車がルート66に入るまで、わたしは手を振り続けていた。

ロッキーステップを駆け上がる

一九六三年（昭和三十八）十一月二十三日。勤労感謝の祝日未明に、米国から凶報《きょうほう》が飛び込んできた。

毎朝午前四時に、トラック便で朝刊の梱包《こんぽう》が届いた。銀座の読売新聞社（当時）で印刷された、まだインクの香り高い朝刊だ。

荷台から投げ落とされた梱包を受け取り、店内に運ぶことから専売所の朝は始まった。

あの朝は運転席から飛び降りたドライバーが、店に飛び込んできた。

「ケネディ大統領が暗殺された！」

彼はカーラジオで臨時ニュースを聴いていた。

米国から発信されたニュースの衝撃《しょうげき》は、全世界を走り抜けた。日米間ではあの日、初の衛星中継が予定されていた。

テレビ放送の歴史に残る初中継は、はからずも悲報を伝えることになった。

渋谷の東急名画座でディズニーの『ファンタジア』を観《み》たのは同年十二月。大統領暗殺後の土曜日だったと記憶している。

レオポルド・ストコフスキー指揮のオーケストラと、アニメーションとが融け合った、クラシックの名曲を集めた映画だ。

ミッキーマウスが主役を張った『魔法使いの弟子《でし》』と、神話の世界を舞台として描かれた『田園』に、とりわけ魅《み》せられた。

もう一度聴きたかったが、交響曲を聴く手立てなど、あのころは身近になかった。

「道玄坂のライオンという名曲喫茶に行けば、いい音で『田園』が聴けるぞ」

新聞専売所で同室だったサトウさんに連れられて、昭和元年創業という店に行った。

リクエストで再生された『田園』は、ユージン・オーマンディ指揮、フィラデルフィア管弦楽団の演奏だった。

クラシック通だったサトウさんの解説で、『ファンタジア』のオーケストラもフィラデルフィア管弦楽団だったと知った。

「まるで生演奏に聴こえるだろう？」

演奏会など行ったこともなかったのに、サトウさんの言葉にうなずいた。

ライオンで聴いたレコードが、クラシック・ファンに至る決定打となった。

社会人となって得た初月給で、オーマンディ指揮フィラデルフィア管弦楽団のレコードを買い求めた。

高一だったわたしを映画『ファンタジア』が、クラシック音楽へと誘《いざな》ってくれた。本格的にのめり込む端緒《たんしょ》となった指揮者オーマンディは、奇《く》しくも『ファンタジア』で楽曲演奏を受け持ったフィラデルフィア管弦楽団の音楽監督だった。

いつか楽団の本拠地を訪れて、コンサートホールで『田園』を聴いてみたいと、成人前にぼんやりした願いを抱いていた。

＊

映画『ロッキー』を初めて観たのは、旅行会社退職の二年後である。一九七七年四月の封切りとほぼ同時で、長い列に並んでチケットを買った。

物語はいかにも米国人好みの「苦労の果てに掴《つか》む成功譚《たん》」である。

この映画には、主役のシルベスター・スタローン自身が色濃く投影されている。まだ無名だったスタローンは脚本を自作し、映画会社に持ち込んだ。

「おもしろい。採用してもいいが、主役は著名な男優を起用する」

スタローンは断固として拒《こば》んだ。主役のロッキー役は自分だと、決めていたからだ。何度も交渉を重ねた結果、百万ドルの予算で制作が決まった。当時のテレビ映画一本分の制作費という、超低額だった。

制作が決まるなり、スタローンが役者を口説《くど》いて回ったという。

ヘビー級世界チャンピオンのアポロは、建国二百年の記念試合の相手に、無名のロッキー・バルボアを指名した。

対戦相手を受け入れたロッキーは、猛練習を始める。ロードワークの走り込みゴールが、フィラデルフィア美術館だった。

踊り場が幾《いく》つもある石段を一気に駆け上がり、石畳の広場で両腕を挙げて小躍《こおど》りする。

石段正面から真《ま》っ直《す》ぐに延びた道の彼方《かなた》には、フィラデルフィア中心部のビル街も望めた。

トレーニングは万全だったが、ロッキーは試合に敗れた。しかし……。

「十五ラウンドを最後まで闘い続けることで、おれはただのゴロツキではなかったと証明する」

試合前に最愛のエイドリアンに宣言した通り、ロッキーは何度ダウンしても立ち上がり、闘うポーズを示した。

試合開始時はロッキーに冷ややかだった観客も、最終ラウンドでは大声援を送った。敗戦が決定したあとも、チャンプに対する以上の喝采《かっさい》で、ロッキーの健闘を称《たた》えた。

本作は大成功を収め、スタローンは一気に大スターとなった。続編の制作は続き、つい二年前（二〇一五年）にも新たなロッキーが制作されている。

一九七七年当時、わたしは販売促進企画の売り込みに明け暮れていた。

販促営業で行き詰まっていたわたしも、あのロッキーを観て「おれもやらねば」と、触発されて奮闘を始めたひとりである。

フィラデルフィア美術館の石段を駆け上がり、両腕を挙げるぞと胸の内で誓った。

＊

二〇一七年七月二十五日火曜日、午前八時。薄曇りのフィラデルフィア美術館前で、深呼吸をした。ロッキーを観たあの日から四十年を経て、ようやく訪れることができた。

満足感と感慨を込めて、美術館につながる石段下で朝の空気を吸い込んだ。次にやることは自分をロッキーになぞらえて、石段頂上の石畳広場まで駆け上がることだ。

週日の早朝だというのに、多くの観光客が石段下に群れていた。親子連れが大半で、どの子もまだ小さい。

小学生らしき女児と一緒に、父親がロッキーステップ（石段）を駆け上がり始めた。

別の親子もあとに続いた。駆け上がるテンポが同じだった。

その光景を見ながら、あたまのなかで、ロッキーのテーマを演奏したら、駆け足親子たちのリズムと同期できた。

ロッキーステップを親と子で駆け上がるのは、観光客には大事な儀式なのかもしれない。

古希《こき》を来年に控えたわたしは、ロッキーのテーマの演奏テンポをゆるめて加わった。広場で両腕を高く突き上げるのは、気恥ずかしさを感ずる歳《とし》だと思った。が、だれも他人のことなど見てもおらず、各自がロッキーポーズをとることに夢中だ。

わたしも倣《なら》い、カミさんが構えたアイパッドに勇姿を収めた。

トレーニングの始まりに出てくるイタリア街の市場は、翌日の昼前に訪れた。時間が遅かったのか、大半の店はすでに戸締まりを済ませていた。

が、町の眺めは四十年前の映画と寸分違《たが》わずだ。まだ店を開いていた立ち食いピザ屋で買った、一ピースに飲料付きで二ドルのペパロニピザの、なんと美味《うま》かったことか。

マンハッタンからレンタカーで三時間。インターステート・ハイウェー95号線は、単調なドライブで、助手席でも疲れを覚えた。

しかし石段を上れたことで大満足した。

ついついロッキーに入れ込んでしまい、フィラデルフィア管弦楽団のホール訪問を、すっかり忘れてしまった……。

砂金と崖と百ドル札

一九七二年（昭和四十七）九月、就航後間もないB747ジャンボ機で、羽田～サンフランシスコに添乗員として搭乗した。

三十九年が過ぎた二〇一一年九月下旬に、再び同じ路線に搭乗できた。

この旅には三つの大きな目的があった。

当時連載開始から三年目だった『ジョン・マン』の追加取材で、米国西部を訪れたかったのが、目的その一である。

一八四九年に勃発《ぼつぱつ》したゴールドラッシュの砂金採りには、ジョン・マンも一八五〇年から加わっていた。

ノーフォークという砂金採取の新興集落で、ジョン・マンは六百ドルも稼《かせ》いでいた。当時なら農場つき屋敷が買える金額だ。

金鉱跡を訪れてジョン・マンの追体験を試みようと考えていた。

目的その二は、ネバダ州リノからコロラド州デンバーまで、一夜のアムトラック寝台列車に乗車することである。

コロラド川に沿って走る車窓からの景観は、雄大至極《しごく》だとガイド本が絶賛していた。

第三は旅の終盤でのシカゴ訪問だった。

マリリン・モンローが地下鉄の吹き上がりでスカートを乱した『七年目の浮気』。有名シーンを再現した巨大人形が、期間限定でシカゴの広場に展示されているという。ぜひとも見ておきたかった。

以上三つを実現できるアイテナリー（行程表）を携《たずさ》えて、羽田に向かった。

＊

カリフォルニア州の州都サクラメントは、十九世紀に金の売買で大繁栄していた。いまも往時を偲《しの》ばせる建家《たてや》が「オールド・サクラメント」として遺《のこ》されている。

二〇一一年九月二十日　火曜日

オールドタウンの地べたは、晩夏もかくやの強い陽に焦《こ》がされていた。

ノーフォーク周辺のアメリカ川で採取された砂金は、大半がサクラメントまで運ばれて売買された。

純金色の天秤や当時の調度品が展示された資料館には、金鉱の入り口各所に向かう駅馬車の時刻表が掲示されていた。

ゴールドラッシュ時代の町並みには、野趣《やしゅ》に富んだハンバーガーがお似合いだった。肉汁たっぷりのランチのあと、今夜から二泊するプレイサービルに向かった。広い国道と狭い州道とをドライブ。一時間で到着した。ゴールドラッシュの始まりと同時に開けたプレイサービルは、いまも一八四九年当時の家並みを遺すヒストリック・タウンだ。

砂金目当てに押しかけた面々には、無法者も多数いた。プレイサービルには裁判所があり、判事は容赦《ようしゃ》なく絞首刑を宣《せん》した。

「ハングタウン（縛り首の町）」とも呼ばれた名残《なごり》だろう。木に吊《つ》るされた人形が、土産物《みやげもの》店のウインドーに飾られていた。

石畳の狭い通りの突き当たりには、鉄骨剝《む》き出しの「火の見やぐら」が建っていた。

谷間の町は風が強くて川からは遠い。火事を恐れての建造物だと思っていたら、大間違い。縛《しば》り首にも使うやぐらだった。

コロマには金鉱跡があったが、ジョン・マンが働いた場所ではなかった。

史料を精読し直して、出直すしかなかった。あとの行程が押していたからだ。

九月二十二日　木曜日　午前十一時

プレイサービルを出発した。ロードアトラスによればレイク・タホまでは、インターステート・ハイウェー80号線で、約百二十マイル（約百九十三キロ）とされていた。

途中にランチ休憩《きゅうけい》を組み入れても、三時間あれば充分だと思えたのだが。

富裕層の保養地レイク・タホは、なんと七千二百フィート（約二千二百メートル）も登った先の高地だった。

片側四車線で平坦だった道が片側二車線にまで狭まり、きつい登りのワインディングロードと化した。

右側通行ゆえ、登り車線は谷側だ。米国人には当然らしかったが、ガードレールなしの登り道には助手席にいても怯《おび》えた。

しかも登坂道の制限速度は四十マイル（時速約六十四キロ）もある。懸命に制限速度までスピードを上げて奔《はし》るカミさんに、後続車はパッシング・ライトで煽《あお》り立ててきた。

半泣き状態のドライブが三十分以上も続いた。が、頂上はまだ先らしい。たまらず路肩《ろかた》の待避場所に逃げて停車。クルマから出て覗《のぞ》いたガードレールなしの谷は、底の見えない深さだった。

頂上の手前で見た「７０００Ft」の標識は、緑色の地に白抜き文字だ。しみじみ緑色はひとに安堵《あんど》を与えてくれると実感できた。

レイク・タホはカリフォルニア州とネバダ州との境界の町である。道路に白ペイントで州境線が引かれていた。

線をまたいだ先のネバダ州はギャンブル公認である。線の彼方《かなた》の派手なネオンと、手前の落ち着いた保養地光景。夜が更《ふ》けるほどに、対比は鮮明となった。

夕食はホテル近くのスーパーで買い求めた豆腐の湯豆腐。江戸から持参した昆布《こぶ》と電気鍋を使い、山の美味《うま》い水で自炊《じすい》した。

醤油《しょうゆ》に混ぜた鰹節《かつおぶし》にライムを搾《しぼ》った簡素なつゆには、高地の清涼な空気も貴重な添え物である。
いまもって、あの夜の湯豆腐に勝《まさ》る美味さを知らない。

九月二十三日 金曜日

昨日の山道が教訓となり、午前九時過ぎにはホテルを出てリノに向かった。地図上の距離は短くても油断は禁物だった。

ドライブはひたすら下り道で、道幅も広い。砂漠の州だけに気温が高く、エアコンをつけっ放しのドライブだった。

リノは駅馬車時代から二十世紀前半までは、陸上輸送の要所だった。集まりくる旅人を相手に、カジノも大いに栄えた。

ラスベガスの誕生で、リノへの旅人は激減したという。それでもダウンタウンには、隆盛時代を偲《しの》ばせるアーチが残っていた。

アムトラックの駅がラスベガスではなくリノであるのも、往時の隆盛ぶりの証左ではなかろうか。

＊

ホテルのATMで現金を引き出したら、驚いたことに百ドル札が出てきた。紙幣を手にとるなり、昨日の山越えの怖かったことを一気に思い出した。同時に「自己責任」なる語の意味を深く理解した。

百ドル札もガードレールなしの山道も、つまりは自己責任の具現と察した。全米を縦横《じゅうおう》に貫くインターステート・ハイウェーは、限られた区間を除き無料だ。制限速度も大半が七十マイル（時速約百十二キロ）。山道ですら四十マイルだった。

しかし崖側にガードレールはなかった。

道は造るが運転責任はドライバーにあるんだぞと、あの山道が宣告していた。

リノのATMも同じことだ。

マンハッタンのATMは二十ドル札が大半で、まれに五十ドル札が出ることもある。しかしリノのカジノでは百ドル札が出た。

ギャンブルで遊ばせるための、カジノの悪巧みに違いない。

ガードレールなしの山道も、百ドル札を出すＡＴＭも、それを是《ぜ》として受け止める成熟が米国には横たわっていた。

九月二十五日　日曜日

この朝のネバダ州リノのホテル街は、通りも駐車場もバイクで埋もれていた。ラスベガスには到底敵《かな》わない規模だが、リノにもカジノホテルは多数ある。夜更《よふ》かしの街がまだ眠っている、日曜日午前八時。大型バイクが発する排気音が、通りのあちこちで轟《とどろ》いていた。

観光客を迎える歓迎アーチまでも、文字の一部が破損したままという寂《さび》れようだ。そんな街を数百台のバイクが隊列を組み、ゆるい速度で走っていた。ライダーの身なりは申し合わせたかのように、黒の革ジャンにブーツだ。

あの『ターミネーター』のような男たちが数百人、ブオオッと轟音《ごうおん》を吐《は》くバイクで行進していた。

見るべきものが皆無《かいむ》に近かったリノだが、日曜日朝のバイクの隊列にはやられた。

リノ投宿の主たる目的は、ここからアムトラック寝台列車に乗車することだ。列車は十六時発車である。

大型トランク三個持参の旅だ。ゆとりをもって、十五時四十分に駅に到着した。

Eチケットを確認されることもなく、ホームに降り立ったのが発車十五分前だった。

人影はまばらだ。街の寂れ工合《ぐあい》を思えば、当然とも思えた。

ホームの天井《てんじょう》からは、大型のアナログ電気時計が吊《つ》り下げられていた。

昭和の時代の日本なら、正確な時刻を示す時計といえば、ホームの電気時計だった。三十秒ごとに長針がカチッと動いた。

当節の日本ではローカル線の駅にすら、アナログ電気時計はあまり見かけないが。

あの日のリノ駅の時計は、律儀《りちぎ》に時を刻《きざ》んでいた。ところが定刻一分前になっても、なんのアナウンスもないままだ。

乗客らしき姿も一向に増えない。

Eチケットを取り出し、表記を確かめた。発車時刻も乗車駅も間違いなかった。

十六時を十分過ぎても列車は到着しない。遅れを告げるアナウンスもないままだ。

が、驚いたことに、いつの間にやら列車到着を待つひとが増えていた。それも出迎えではなく、トランク持参の旅人である。

定刻を過ぎてから、何人もの乗客がホームに降りてきたらしい。もしも定刻通りの運行なら、多数の乗客が乗り遅れることになるのだ。

日本では例のない事態だと思う。

*

二〇一八年三月、わたしは和歌山市を訪れていた。同県の特産品「プレミア和歌山」に選定された特産物のお披露目《ひろめ》会出席のためである。

和歌山発十五時五十三分の特急で新大阪に帰る行程だった。会がお開きとなったあと、うっかり話し込んでしまい、気付いたのが十五時四十五分だった。

文字通り脱兎《だっと》の如《ごと》くホテル二階から駆け下り、タクシーに飛び乗ったのが同四十七分。

「五十三分の列車じゃあ間に合わんでしょうが、とにかく行きましょう」

地元のドライバーさんは飛ばしてくれた。駅のタクシー乗り場に到着したとき、右腕の電波時計は、十五時五十二分三十一秒を表示していた。

「大声を出したら待ってくれっから」

運転手さんの声に背中を押されて、カミさんが先に走った。つい先日、古希《こき》を迎えた亭主があとを追った。

発車ベルが鳴っていたが、幸いにも改札口のすぐ前が列車のホームだった。

「あとひとり来ますから！」

言い置いてカミさんが改札口を通った。列車のドア前では、赤旗を持った駅員さんが左右に振って発車を止めていた。

わたしも息を切らして家内に続いた。

「ありがとうございます！」

大声とともに飛び乗ったら、駅員さんは勢いよく赤旗を振り下ろした。ドアが閉じて特急が動き始めた。

ドア内であたまを下げて腕時計を見た。

十五時五十四分十一秒だった。

日本では定刻から一分遅れたら、赤旗を振って車掌に報《しら》せるというのに……。

＊

二〇一一年九月、アムトラックは、実に三十三分遅れでリノ駅に到着した。遅れを詫《わ》びる駅のアナウンスもなかったし、延着を責める客も皆無だった。

半世紀以上も昔、旅行会社勤務の折に外国人旅行者から、国鉄（当時）運行ダイヤの正確さを何度も褒《ほ》められた。

二〇一一年のリノ駅で、なぜ幾度も賞賛されたのか、理由を肌身で理解できた。

予約したのは二人用個室寝台。窓側上部には収納式のベッドがあった。座席はスライド式で、マットを敷いてベッドとなる。

ぜひとも上段ベッドに寝たくて、この列車を予約した。遠い昔に観《み》たヒッチコックの『北北西に進路を取れ』のラストで、ケイリー・グラントとエヴァ・マリー・セイントが寝台列車に乗っていた。

映画とは違う路線だし、列車も映画の当時はアムトラックではなかった。が、名画の一場面と同じ体験をしたかった。

乗り心地はよかった。しかしデンバー到着までの二十六時間は長すぎた。

午前六時過ぎに夜が明けたとき、車窓には山裾《やますそ》の集落が広がっていた。朝食は午前七時から。食べ終わったときも、車窓の景観は変わっていなかった。

正午のランチどきから、ロッキー山脈とコロラド川の景観が始まった。この眺めが四時間以上も続いた。

当初は展望車の窓際席を争っていた乗客たちも、ひとり減り、ふたり減りとなった。乗車してから二十四時間が過ぎた午後四時半ごろには、展望車は空席だらけだった。

デンバー到着直前に見た、夕暮れどきのあかね空は、いまだあの美観を覚えている。

＊

デンバー～ニューヨークは飛行機。その後はレンタカーで東海岸各地に立ち寄り、ボストンへ。空港でクルマを返したあと、旅の締め括《くく》りの地、シカゴへと飛んだ。

二〇一一年十月四日　火曜日

シカゴ到着の翌日、朝から市内見物に繰り出した。シカゴは水の都と呼ばれている。縦横に街を流れる運河沿いの遊歩道を、カミさんと散策していたら……。

オフィスビルの谷間に、人だかりが見えた。明らかにビジネスマンとは異なる、観光客らしきラフな身なりの群れだ。

足を急がせて向かったら……！

高層ビル前の広場に、身の丈《たけ》が八メートルもある、マリリン・モンローが立っていた。

しかも、ただ立っているわけではなかった。真下から吹き上げる風で、純白のフレア・スカートが大きく膨《ふく》らんでいる。

モンローは両手で、スカートが膨らむのを抑えようとしていた。

往年の映画『七年目の浮気』の、有名なひとコマをフィギュアに制作していた。

とにかく像がでかい。

多数の男性観光客がスカートの内に入り、モンローを見上げた。しかし束《つか》の間だ。

あとは、はにかみながらスカートの外に出て、フィギュアを背景に記念写真だ。

数カ月限定の展示に、行き合えた。これぞ僥倖《ぎょうこう》なり。

セイラムの仰天情報

鎖国を完成させたのは徳川三代将軍家光《いえみつ》である。徳川幕府が続くなかで、外国との貿易は次の四口に限られることになった。

【長崎口】

オランダと清《しん》王朝（中国）に対する貿易港。天領地長崎にはデジマを築いた。

【対馬《つしま》口】

李《り》氏朝鮮との口で、対馬藩を経由した。

【薩摩《さつま》口】（琉球《りゅうきゅう》口ともいう）

琉球王国との交易口で薩摩・山川港を主たる交易港とした。薩摩藩経由である。

【蝦夷《えぞ》口】

アイヌとの交易を受け持つ口で、松前《まつまえ》藩を経由と定めた。

これら四口以外の諸外国との交易は、徳川幕府が厳しく禁じた。

もしも密貿易に手を染めたと断じられたときは、改易《かいえき》（取り潰し）を免《まぬか》れなかった。

なかでも【長崎口】を、幕府は最重要拠点と位置づけた。デジマを建築し、オランダ人の住居はデジマ内に限定した。

長崎に入港できたのは一年に一度来航するオランダ商船と、広州《こうしゅう》から一年に数度来航するジャンク船のみとした。

十八世紀から十九世紀にかけてのオランダは、海運王国だった。保有していた帆船は排水量四百トン超の大型船に限っても、優に二百杯を超えていたという。いずれも三本マストで、三角帆を操《あやつ》ることで逆風のなかでも前進できた。

清王朝のジャンク船は、オランダ船とは形がまるで違っていた。巨大な一枚帆が特徴で、何十本もの竹棹《たけざお》が横串《よこぐし》となっていた。

伸縮自在の帆は操帆に優《すぐ》れている。突然の荒天に出くわしても瞬時に縮帆《しゅくほ》し、暴風をやり過ごすことができた。

どちらの船も、形で見分けがつく。

長崎湾に向かってくる外国船は、湾の入り口に構えられた物見台から常時監視されていた。

物見台の望遠鏡はオランダ海軍の制式品で、一キロ先の船が掲《かか》げた国旗も識別できたとされている。

オランダ船は、当時のバタビア（現ジャカルタ）にて荷積みをした。積み込みはバタビア総督府の管理下、東インド会社が一手に行った。

バタビア出港後は途中の琉球王国で水・食料・燃料などを補給。風と潮流次第では、さらに薩摩藩山川港にも立ち寄った。

バタビア出帆後、およそ二カ月でデジマ沖に投錨《とうびょう》した。船長など上級船員は、デジマ商館への投宿も認められたが、水夫《かこ》たちに上陸許可は出なかった。

もしもオランダ船以外の船が長崎湾に接近しようものなら、湾の警護にあたる大村藩・鍋島《なべしま》藩など七藩が、砲台から総攻撃を加えた。

日本の「サコク」は諸外国にも知れ渡っていた。砲台に設置された大筒《おおづつ》（大砲）も、その多くはオランダと、清王朝から輸入していた。

射程距離は五百メートル程度だが、命中すれば沈没を免れない破壊力があった。

「ナガサキの砲台には近寄るな」

外国船の船乗りは、これを言い交わしていたという……。およそこれらのことが、長崎口について知っているつもりの知識であった。ところが。

オランダ船を装ったアメリカ船が、十八世紀末から十九世紀初頭にかけて、長崎に入港していた。

仰天《ぎょうてん》情報を知ったのは米国マサチューセッツ州セイラムの「ピーボディー・エセックス博物館」だった。

*

『ジョン・マン』の連載を始めて以来、毎年夏にアメリカ東海岸を訪れている。初の米国東海岸路線搭乗は二〇〇九年三月下旬。成田～ジョン・F・ケネディ間だった。もっともこの旅は取材というよりも観光に近かった。

往年の名画『ウエストサイド物語』『ティファニーで朝食を』の舞台を訪れることが、目的その一。

アムトラックでワシントンまで南下し、ポトマック川河畔の桜を見物。アーリントン墓地で故ケネディ大統領に墓参するのが、目的その二という旅だった。

およそ四週間滞在の終盤で、WEB経由のベタ記事が目に留《と》まった。「ジョン・マン（中濱万次郎《なかはままんじろう》）の恩人の自宅が、日本人の手で記念館に改築された」記事を読むなり、中濱万次郎を書こうと決めた。そのとき進んでいた書き下ろし企画に、最適の題材だと強く感じた。

同年七月に再度渡米し、マサチューセッツ州ニューベッドフォードとフェアヘブンを訪れた。

ニューベッドフォードは捕鯨船《ほげいせん》の母港。アクシネット川を挟んだ対岸のフェアヘブンは、万次郎が小学校や教会、上級船員養成のバートレット・アカデミーに通った住宅街だ。

書き下ろし予定だった『ジョン・マン』だが、単行本一冊では収まらなかった。

二〇一四年七月は成田〜ボストン路線に搭乗した。到着は午後六時過ぎだったが、夏場のボストンは日が長い。

カミさん運転のレンタカーで、北に走ること一時間弱。国道1号線沿いのモーテルに投宿した。

チェックインを終えた午後八時過ぎ、ようやく夕闇《ゆうやみ》に包まれ始めた。

翌日午前十時過ぎ、クルマで三十分ほど先のセイラムを訪れた。

いまは「魔女の町」として有名だが、セイラムは、十八～十九世紀はボストン以上に栄えていた港町である。

繁栄が際立《きわだ》っていた証左に「東インド海運協会」がある。

セイラム母港の船を有する船主たちが設立した、船主協会だ。協会憲章は海難事故に遭遇《そうぐう》した船員家族の補償を、第一条に明記している。

そして第四条こそ、ピーボディー・エセックス博物館創設の根拠かもしれない。

「ホーン岬から西、喜望峰《きぼうほう》から東で入手した民芸品、美術品、工芸品は、残らず持ち帰ること」

船長に命じた「第四条」だ。

南米大陸最南端のホーン岬を西に回れば太平洋だ。パナマ運河のない時代、大西洋から太平洋に出るにはホーン岬を回るしかなかった。

アフリカ大陸最南端の喜望峰を東に向かえば、インド洋につながる。一八五三年に浦賀に来航したペリー艦隊も、この航路を使っていた。

ピーボディー・エセックス博物館を訪れたのは、十九世紀の捕鯨船に関する展示物が多数あると聞いたからだ。

博物館前の通りは、十八世紀を感じさせる石畳だ。通りの両側に並ぶ店も、繁栄した往時を偲《しの》ばせるような佇《たたず》まいである。

路上駐車された当節のクルマとアンティークな造りの店とが融《と》け合った、不思議な景観を眺めながら博物館に向かった。

ガラス張りを多用した近代建築物は、夏日を浴びてガラスとステンレスが輝きを放っていた。

石造りの建家《たてや》が通りに並ぶ古いセイラムの町だが、博物館は巧《たく》みに溶け込んでいた。博物館一階ホールの案内所で、二階のジャパン・ルームの見学を強く勧《すす》められた。

「二階のどのあたりでしょうか？」

「日本人の方なら、行けばわかります」

案内係から、こともなげに言われた。

二階に進んでみて、その意味がわかった。

「あそこがそうだわ！」

カミさんの指差す先には、黒塗りの乗物（大名などが使う駕籠《かご》）が展示されていた。

天井《てんじょう》からのダウンライトに照らされた駕籠は、漆黒《しっこく》の美しさが遠目にもわかった。まさに日本人なら行けばわかる、である。マサチューセッツ州のピーボディー・エセックス博物館で、駕籠に出逢《であ》えた。

担ぎ手が肩を入れる長柄《ながえ》が短く、形も小さい。近くで見て、内室もしくは姫の駕籠だとわかった。

形は小型でも、惜《お》しげもなく錦《にしき》を使った内装は華麗《かれい》だ、まぎれもなく高貴な方の駕籠だと察せられた。

「いったいだれがいつ、この駕籠を日本から運んできたんだろう……」

質問したくても、問える相手がいない。駕籠の前に説明ボードもなかった。

「とにかく展示室に入りましょう」

カミさんに促《うなが》されて、ジャパン・ルームに入った。高い天井の展示室は、四方に大小さまざまな形のガラスケースが置かれていた。

そしてさまざまな品が展示されていた。

泥がついたままの、使いかけのわらじ。

遊郭《ゆうかく》の花魁《おいらん》が履《は》いていたと思われる、錦織《にしきおり》の鼻緒《はなお》つき高下駄《たかげた》。

農家で使っていた、籾殻《もみがら》が付着した竹の大ザル。その周りには素焼きの猪口《ちょこ》と、五合入りの通い徳利《とっくり》。

鼈甲《べっこう》ぶちの丸いめがね。

年代も使用する局面もバラバラの、雑多な展示に唖然《あぜん》としながら見て回った。

展示室の中央部には、大型のガラス台が独立して置かれていた。素人目《しろうとめ》にも高価な品だとわかる陶器類が、何台ものガラスケースに収まっていた。

どこぞの大尽《だいじん》がカネにあかして、片っ端から買い集めたとしか思えない、雑多な展示ぶりである。

それにしても……と、見て回るうちに次々と疑問が浮かんだ。

なんの脈略もなしに収集した品々を、ピーボディー・エセックス博物館は展示しているのだろうか。

これがジャパンだと思われては、あまりに偏《かたよ》った知識の提示になってしまう。

入り口の駕籠と、展示室内の民具とは、明らかに年代が違っていた。

解けぬ疑問を抱えたまま、もう一度案内係のもとに戻った。

「だれがいったい何の目的で、あんな集め方をしたのでしょうか?」

英語につっかえながら問いかけた。

「あなたは運がいいひとです」

案内係の蒼《あお》い瞳《ひとみ》がほころんだ。

「手の空《あ》いている学芸員が、いまここに来ていますから」

彼女が電話で呼び寄せてくれたのは、ボブ・ジェームズという名の学芸員だった。

吹き抜けのホールに設置されたテーブルで、ボブはジャパン・ルームの詳細を聞かせてくれた。

「収集は十八世紀末から十九世紀ですが、収集時期には八十年の開きがあります」

彼は一枚のプリントをテーブルに載《の》せた。

一七九七年（寛政《かんせい》九）から一八〇七年（文化四）までの十一年……。セイラムの東インド海運協会は、オランダ領地のバタビア総督府との間で傭船《ようせん》契約を締結した。

オランダは英仏との戦争が激化し、バタビア〜デジマ間を往復する船が出せなくなっていた。

「たまたまその時期に、コショウの買い付けに出向いていたセイラムの船長に、総督は傭船契約を持ちかけました」

未知の国ジャパンに魅力を感じた東インド海運協会は、傭船の要請を受諾《じゅだく》した。

「ナガサキ湾の入り口手前で、米国船はオランダ国旗に取り替えて入港しました」

それらの船長が持ち帰った品々の一部を、展示していると説明された。

「しかし寛政から文化年間の収集にしては、民具の大半が新しいように感じますが」

わたしは疑問を彼にぶつけた。しかもデジマ沖に停泊中に、どこから収集したのか。

船長と副船長以外の乗組員には、上陸許可は出なかったはずだと、ボブに質《ただ》した。

「エドワード・モースも集めています」

仰天情報の第二幕が始まった。

*

アメリカの動物学者、エドワード・S・モース。氏の初来日は一八七七年（明治十）六月で、横浜港から上陸した。

氏は鉄道で新橋に向かった。途中、大森海岸あたりの車窓から、貝殻《かいがら》が積み重なっている景観を目にした。

ダーウィンの進化論を説く、あの時代に世界で名を知られた動物学者だ。

しかも来日は「シャミセンガイ」「ホオズキガイ」など、日本に多種類が生息している腕足《わんそく》動物の採集が目的だった。

国内での腕足動物採集許可を得るための席で、モース氏は大森海岸の貝殻に言及。調査団を構成し、発掘に当たるように要請した。

著名動物学者の要請である。明治政府は直《ただ》ちに対応した。モース氏を団長とする調査団が構成され、我が国初の発掘調査が実現した。

その結果、大森貝塚が発掘された。

初来日から丸五年が過ぎた一八八二年（明治十五）六月。四十四歳となったモース氏は、三度目の来日を果たした。

前二度の学術研究来日とは異なり、三度目は、当時の日本民具と陶磁器の収集が目的だった。

氏が持ち帰った民具は八百点余り、陶器は実に三千点を超えていたという。

ちなみに氏が収集した日本の陶器は後年、ボストン美術館に売却された。そして氏自身が管理し、目録も編んでいる。

わたしが目にした日本の民具の大半は、モース氏が持ち帰ったものだった。

「モースはこのピーボディー・エセックス博物館の館長も務めています」

民具や陶器の収集目的で来日したモース氏は関西方面から中国地方にまで足を延ばした。そして片っ端から買い集めていた。

*

「入り口の乗物を持ち帰ったのは、寛政から文化にデジマを訪れた船長ですね？」

「そうです」

うなずくボブを見ながら、わたしは胸の内で感謝の想いを膨《ふく》らませた。

セイラムからデジマまで出向いてきた船長のおかげで、駕籠はいまも美しさを保っていられたからだ。

――船旗を替えよ！

船長の号令が聞こえた気がした。

敦賀路ドライブ道中

敦賀路《つるがじ》のドライブが決まったのは、仕事で訪れた福井市の図書館で、だった。

「北前船《きたまえぶね》の大船主《おおふなぬし》が南越前町《みなみえちぜんちょう》にいたと、史料で読んだ記憶があるのですが……」

「その通りです」

当方の問いに、館長は即答された。

「明日、レンタカーで訪れるなら、どこに投宿すればいいでしょうか」

この問いには束《つか》の間《ま》、思案された。福井県の地図を持参されたときには、館長の考えは定まっていたようだ。

「敦賀に一泊はいかがでしょうか?」

「問題ありません」と、旅程を受け持つカミさんが応《こた》えた。

「敦賀駅前にレンタカーがあります。せっかく敦賀に泊まられるなら、翌日は杉原千《ち》畝《うね》に関する資料が展示されている『人道の港　敦賀ムゼウム』から始めてください」

その後は海岸線ドライブで、お目当ての南越前町で右近《うこん》屋敷の見学を。

「あとは国道３０５号線と３６５号線を乗り継いで今庄《いまじょう》宿にも足を延ばしてください。蕎麦《そば》も名物です」

福井藩が江戸出府《しゅつぷ》の折には、この宿場を経《へ》て敦賀から米原《まいばら》に出たという。

「藩主一行のみならず、商人や職人も多数、江戸や京・大坂に出ました」

大いに栄えた山間《やまあい》の宿場がいまも遺《のこ》されていますと、館長から熱く説明された。

「うかがいました、その通りに回ります」

図書館を出たあとは福井駅に直行。

敦賀までは特急「サンダーバード」に乗ろうとした。二〇一八年六月十七日、日曜日の夕刻だった。

特急なら三十分だという。自由席券を買ってホームに向かったが、どうも様子がおかしい。ひとが溢《あふ》れていたのだ。

金沢～福井間で踏切事故があり、列車が大きく遅れているという。乗車予定より前の列車も、まだ到着していなかった。

反対方向から入ってきた敦賀行き各駅停車は、定刻出発とのアナウンス。特急の倍、一時間の所要だといわれた。が、迷わず乗車したのが十七時五十分ごろだった。夏至《げし》が近く、日が長い。走り始めたあと、十八時半ごろになった山間部にも、まだ入り日は残っていた。

館長から見学を勧められた今庄宿は、敦賀のすぐ手前だった。後続の特急に抜かれることもなく、長いトンネルを抜けた先の敦賀駅に定刻通りに着いた。

トヨタレンタカーは、投宿ホテルから通りを隔《へだ》てた先である。場所を確認したあとは、ホテルの大浴場を楽しんだ。

六月十八日、月曜日。パソコンなどを仕舞《しま》っていたとき、客室が大きく揺れた。急ぎテレビをつけると大阪が震度六弱だという。

今日・明日の二日間は京都泊で、明後日《あさって》は堺市で仕事の予定だった。状況は案じられるが、まだ午前八時過ぎでは相手先に連絡もできない。

「敦賀周辺は大事もなさそうだから、とりあえず予定通りに進めよう」

地震速報を気にしながら、宿をチェックアウト。徒歩数分のトヨタレンタカー敦賀駅前店に向かった。

「県内の道路事情は問題ありません」

行き先を告げると、女性スタッフは道路マップも提供してくれた。

「今庄からの帰りは北陸道が便利だと思います」

「すべての見学を終えても、午後二時過ぎには敦賀に帰ってこられます」

午後三時過ぎの特急には充分間に合うことを、請《う》け合ってくれた。

まず目指したのは「人道の港　敦賀ムゼウム」だ。

第二次世界大戦時、杉原はリトアニア国カウナス領事館に赴任《ふにん》していた。

ナチスドイツの迫害から逃れたポーランド等、欧州各地からの難民が、大挙してリトアニアに向かっていた。

杉原の回顧録は記している。

「忘れもしない一九四〇年七月十八日早朝のこと」と。

いかにも名目上の目的地に向かうための、日本国通過査証《ビザ》発給を求める難民たち。彼らは午前六時過ぎに領事館前に群がっていた。

ソ連（当時）占領下のリトアニア国において、ソ連は欧州各国に対し、領事館・大使館閉鎖を強要していた。

日本国領事館がまだ業務を続けていたことで難民たちが殺到したのだ。渡航先はオランダ領アンティル（現キュラソー島）。当時はカリブ海のオランダ領で、まさに名目上の渡航先だ。

杉原は百も承知で通過査証を発給した。

日独伊の三国同盟が締結されたのは同年九月二十七日だ。この日を限りに、ポーランド等からの難民は日本通過ができなくなった。

「人道上、発給を拒否できない」として、本省からの訓令を杉原は無視した。発給数は六千強といわれている。

通過査証持参の難民たちはシベリア鉄道を使い、ウラジオストックに向かった。当時のウラジオストック〜敦賀間には、客船が運航されていた。難民はその航路を利用し、敦賀に上陸したのだ。

一九一二年（明治四十五）から運行が始まった欧亜国際連絡列車を、杉原は知悉《ちしつ》していた。

毎週金曜日の二十時二十五分東京駅発、神戸行き急行。この列車に一等寝台車を挟《はさ》み、途中の米原で切り離す。その後は金ケ崎《かねがさき》（現敦賀港）まで走り、乗客は大阪商船

（当時）に乗船し、ウラジオストックへ。

着後はシベリア鉄道で欧州に向かった。これが欧亜国際連絡列車である。

祖国から逃れた難民は、敦賀港着岸前、生き延びてこられた喜びを船上で歌った。

敦賀ムゼウムには、史料・映像が多数所蔵されている。また往時の欧亜国際連絡列車駅の跡も、この近くに遺されている。

＊

敦賀ムゼウムから約三十分の海岸線ドライブで、北前船大船主の右近権左衛門《ごんざえもん》邸に行き着く。

徳川藩政時代も半ばを過ぎた宝暦《ほうれき》～明和《めいわ》～安永《あんえい》～天明《てんめい》（一七五一～八九）に至るころ。造船技術と航海術の双方が、大きな発展を遂《と》げていた。

その結果、蝦夷《えぞ》地では傭船主だった近江《おうみ》商人の地位が下がり、船を操舵《そうだ》する廻船問《かいせんどん》屋《や》が大きく台頭を始めた。

単なる荷物運びの「運賃積み」から、仕入れも行う「買積み」へと業態を変えた。

蝦夷から上方《かみがた》・大坂までの航路は、日本海、瀬戸内海、そして太平洋だ。

数多い寄港地で商品の売れ筋を把握し、買い付けと売却の両方を船頭が行った。この交易で文字通り「巨万の富」を得たのが南越前町の船主、右近権左衛門だった。明治期に入り電信技術と鉄道が発展を始めるまでは、船頭たちが入手する商品相場情報が、右近家最強の武器だった。

往時の栄華がいかほど巨万なものであったかは、現存する屋敷を見学すれば察せられるだろう。

わけても文化財としても貴重なものが、敷地裏山の頂上に築かれた洋館である。建築物としても当時の技術、建材、調度品を網羅《もうら》した、そのまま博物館の如《ごと》しだ。

洋館二階のベランダに立てば、眼前に開ける敦賀湾の美景を独占できる。母屋《おもや》から洋館まで、通路となる石段造りだけでも桁違《けたちが》いの費《つい》えが入り用だ。すべてを人力で建築した費用はと、凡人は思わず電卓を叩《たた》いていた。

屋敷正門脇には、見学者の休憩《きゆうけい》施設が設けられている。まだ昼の時分には間があったし、昼飯は今庄宿で名物の蕎麦を食べる心づもりをしていた。が、店先には香ばしいコーヒーの香りが漂《ただよ》い出ていた。

きわめて個人的なことだが、カレーとコーヒーの香りには、すこぶる弱い。かつては東京の地下鉄丸ノ内線銀座駅の改札口を出ると、カレーの香りにからめとられた。

空腹でもないのに、誘蛾灯《ゆうがとう》に誘《おび》き寄せられる蛾のごとく、その店に入った。申し上げにくいが、決して美味《うま》くはなかった。

わかっていながら、何度その店のスツールに座ったことか。

コーヒーも同じだ。

豆を挽《ひ》いたときの、あの香りを常に漂わせている喫茶店が秋葉原にあった。コーヒー色のつなぎエプロンを身につけたマスターが、一杯ずつドリップする店だった。ところが水道管が古いのか、水の味がひどかった。その水でいれた一杯は、豆の美味さを台無しにした。

昭和四十年代は当節のようには、水に気を使わぬ時代だったのだ。ひどい味だとわかっていながら、素通りはできなかった。

そんな次第で、いまだにカレーとコーヒーの香りに、わたしは弱い。

幸いなことに右近屋敷で味わったコーヒーは豆も水もよく、美味を満喫できた。

海沿いの駐車場を出たのは午前十一時半。今庄宿での蕎麦が楽しみな腹具合だった。

「小さい峠《とうげ》越えの先だと思う」

敦賀出発時にいただいたマップで確かめてから、カミさんはレンタカーを発進させた。

国道305号線が365号線にぶつかったら、南へ向かった。十キロほど走ると、目指す今庄宿の近くに行き着いた。

蕎麦は駅前でと言っていたカミさんが、いきなり街道沿いの駐車場へと入った。

「おばちゃんの店」の駐車場だ。

右近屋敷でコーヒーを味わっていたとき、カミさんがWEBで見つけた店だった。

折しもランチタイムである。当方より先に、七人の客がテーブルに着いた。全員が作業着姿で、明らかに地元のひとたちだ。

「いいときに入ったわね」

小声で耳打ちするカミさんに、こくんとうなずいた。土地のひとの注文を聞けば、なにが美味いかが判じられるからだ。

屋号に似合わぬ年若い娘さんが、すぐさま注文を取りに出てきた。

「おろしそば」

仲間内で年長の客が、きっぱりと注文した。来店前から決めていたのだろう。

「おれも、おろしだ」

「おれもそれだ」

「おれはおろしの大盛り」

七人中、四人がおろしそばを頼んだ。残る三人は「冷やしたぬき」で揃《そろ》った。もはやメニューを開くまでもなかった。当方もおろしと冷やしたぬきを頼んだ。それに加えててんぷら盛り合わせ、温かい今庄そば、名前に惹《ひ》かれてがんこ豆、さらに梅肉まで注文した。

「おふたりですよね？」

品数の多さに驚いたのか、娘さんに確認された。そうですと答え、出来上がりを待った。当然、先客七名が先に供された。

土地のひとはすする音まで美味そうだ。響いてくる「ズズズッ」音の小気味《こきみ》よさに、空腹感をそそられた。

地元で穫《と》れただいこんの辛味《からみ》は、つゆと腰の強い蕎麦と絡《から》まり合っている。太めの手打ち蕎麦は旅人が食べても、あのズズズッ音が生じた。ダシの利《き》いたつゆもいい。

がん こ 豆は大豆の甘辛煮《あまからに》である。硬《かた》さの残った豆を、甘辛の餡《あん》が包んでいる。食べ始めたら箸《はし》を置けなくなってしまった。

大満足の昼飯を終えて、クルマに戻った。

JR今庄駅までは、おばちゃんの店からクルマでわずか五分。駅前の駐車スペースに停めて、宿場町へと向かった。

こう書くと大層だが、駅前から徒歩数分で今庄宿の往来に行き当たった。

徳川幕藩体制時、参勤交代《さんきんこうたい》の福井藩は早朝に城下を出立《しゅったつ》した。そして湯尾《ゆのお》峠を越えて、道中第一泊の宿場・今庄宿を目指した。

途中の小さな宿場は休息だけ。今庄宿までおよそ八里（約三十二キロ）の山道を、ひたすら進んだという。

今庄宿には藩主が投宿する本陣と、随行《ずいこう》する重役が泊まる脇本陣《わきほんじん》（いずれも跡）が遺っている。

往時の栄えぶりは、南北に長い宿場の規模からも察せられた。

今庄宿を発《た》った隊列は北国街道を進み、板取《いたどり》宿（関所）から木ノ芽《きのめ》峠を越えて、ようやく敦賀に行き着いた。

鉄道が開通したあとも、今庄宿は栄えた。スイッチバックでの山越えだった線路に、トンネルを通した。

その工事のために、大人数の土木作業員が今庄宿に逗留《とうりゅう》したそうだ。

いまの宿場に、人影はほとんどない。降り注ぐ白い夏日は、ひとも犬猫もいない往来を焦《こ》がしていた。

藩政時代から続く老舗《しにせ》が数軒、ひっそりと商《あきな》いを続けているのが印象的だった。

＊

いまの今庄宿～敦賀間は、高速北陸道が結んでいる。呆気《あっけ》なく敦賀駅前まで戻り、レンタカーを返した。

特急発車まで充分な時間があった。

ところが駅の様子は尋常《じんじょう》ではなかった。改札口は乗客で埋《う》もれていた。

「大阪方面は全線が止まっており、復旧の目処《めど》は立っていません」

なにを訊《き》いてもこの答えだけである。

この日が締切の原稿を仕上げるために、朝チェックアウトした駅前のホテルに戻った。
明日の京都行きは果たして大丈夫なのかと案じながら、その夜もまた敦賀に泊まった。
翌日は昼前になって、ようやく何本かの電車が運行を再開した。
「湖西《こせい》線の普通電車が一番確実です」
駅員の勧めに従い、敦賀から近江塩津《しおつ》へ向かい、湖西線に乗った。
京都に向かう途中の天候はまだら模様。晴れ間と小雨《こさめ》とが交互に車窓の先に現れた。
琵琶湖《びわこ》の眺めは、晴雨いずれも似合うものだと、このとき初めて知った。
雲が切れて陽《ひ》が差すと、湖面が光った。
いまこのとき、地震に遭《あ》ったひとたちは、いかなる思いで空を見ているのか……。
琵琶湖の眺めが絶景であるがゆえ、胸の奥底で深い吐息《といき》を漏《も》らしていた。

相棒に乾杯！

初めてのヤリスとの出合いは、二〇一一年の晩秋である。取材で訪れたグアムの空港で、だった。

土佐の漁師だった中濱万次郎《なかはままんじろう》は、ジョン・マンの名で知られた我が郷土の偉人だ。二〇〇九年にスタートした『ジョン・マン』の連載は、開始から三年目でグアムが舞台となった。

観光地として人気のあるハガニア地区よりも、島の南東部の入り江が十九世紀の補給基地として栄えていた。

投宿予定のホテル地区からは、相当に距離が離れていた。

二〇〇八年の還暦《かんれき》を機に、わたしは免許証を返納した。以来、旅先でのレンタカーの運転はカミさんである。

国内・海外を問わず、取り回しの楽な小型車をというのが、彼女の要望だった。とはいえ米国東海岸のインターステート・ハイウェーを走るには、やはり排気量二リッター以上のクルマが快適だ。

道幅は広いし、ハンドル操作も楽なフリーウェー走行には、中型車が快適だとカミさんも納得していた。

しかしグアムでは事情が違った。

島の各所を取材で訪れるため、滞在期間は十日を予定していた。その間、毎日乗ることになるが、本土東海岸のようなロング・ドライブではない。

小型車があれば一番だと思いは一致したところで、空港内のレンタカー・カウンターに向かった。到着便が続いたことで、どの会社のカウンターにも長い列ができていた。が、一番端《はし》の会社は客の姿がなかった。

「スペシャル・プライスの用意あり」手書きのボードがカウンターの隅《すみ》に置かれていた。座っていたのは他のレンタカー会社のスタッフとは明らかに違う、ラフなシャツ姿の男性だった。

「スペシャル・プライスって、幾《いく》らですか？」

問いかけた英語が通じなかったのか、彼は知らぬ顔である。

「このボードのクルマはありますか？」

もう一度、今度は声を大きくして訊《たず》ねた。ボードを指さして声を大きくしたので、彼も渋々の感じで立ち上がった。

カウンターで向かい合ったら、力士を思わせる大男で、肌《はだ》の色は焦《こ》げ茶色だった。

「何日、乗るのか？」

面倒くさそうな物言いだった。

「金額が折り合えば、今日から十日間の予定だけど」

「本当にテン・デイズか？」

彼はいきなり顔をほころばせた。日数に力を込めて確認しながら、巨体の上半身をカウンター越しに突き出してきた。

「予算が折り合えばだけど」

あまりの態度の豹変《ひょうへん》ぶりに不安を覚えたわたしは、金額次第だと強調した。

「ベスト・ディール、ベスト・オファーを用意している」

一日二十九ドルで、保険はなし。ガソリン代はあんたの負担だと、早口で告げられた。

確かに破格に安い。今日から帰国の日まで借り続けても二百九十ドルだ。

「ガソリンは幾らですか?」

「一ガロン一・九ドルだ」

教わった額は、本土よりも高かった。が、グアムの物価が本土より高いのは、仕方がないと納得した。

「ガソリンをほとんど食わない、いいクルマだ。島を走りまくっても、給油は十日間で多くても三回だ」

彼の口調は滑《なめ》らかである。

「車種はなに?」

「トヨタのヤリスさ」

誇らしげに告げられた。が、わたしもカミさんもヤリスを知らなかった。

「契約する前に見せてもらいたいけど」

「ノー・プロブレム!」

弾《はず》んだ声で応じた彼の案内で、駐車場に向かった。そしてヤリスと初対面となった。

カミさんはクルマの大きさを見て、ひと目で気に入った。ふたりで島を走るには、充分の広さがあった。それでいて取り回しが楽そうな、小型車だったからだ。

「これで一日二十九ドルでいいんですね？」

「その通りだ、気に入ってくれたか？」

炎天下の駐車場で大男と握手をした。

乗ってからわかったことだが、窓は自分で開閉する手動だった。エアコンは必需装備だろうが、窓を開いて走った。

ミクロネシアの海風を助手席で浴びながら、海岸線と山道を走った。

クルマがタフなのと、整備が行き届いているのとの相乗効果だろう。走りはまことに滑らかで、十日間、大いに重宝《ちょうほう》した。

すっかり気に入ったため、翌二〇一二年三月にも、また借りた。追加取材で再訪したグアムで、同じ会社から「スペシャル・プライス」のヤリスを。

二度目のときは大男ではなく、女性スタッフとの交渉になった。

「去年十一月に十日間借りたヤリスを、同じ条件で借りられますか？」

「どんな条件ですか？」

問われたわたしは前回の子細を話した。

「わかりました」

彼女は駐車場に向かうでもなく、その場で契約書を用意した。契約後、駐車場にはカミさんとわたしだけで向かった。

前回と同じ場所に、同じクルマが停まっていた。勝手知ったる愛車である。

走行距離は二千マイルも増えていた。が、乗り心地はまったく同じで、シーサイドも山道も、快適に走った。

このときもまた、窓を全開にして。

*

同じ年の夏、ルート66をシカゴからサンタモニカまで完全走破した。

到着後、ロサンゼルスでは二泊した。商事会社に嘱託《しょくたく》採用されていた四十代後半に、何度も出張で投宿していたトーランスに、である。

すでに書いたが、ルート66走行中は七人定員のSUVを借りていた。

トーランス到着後は、カミさんとふたりだけである。直《ただ》ちにクルマを返したあと、小型車に借り換えた。

カミさんは迷うことなく、ヤリスを選んだ。投宿ホテルから海岸線に出れば、レドンド・ビーチにつながるシーサイド・ドライブである。借りたヤリスはパワーウインドーだった。軽いタッチで窓が開き、太平洋の潮風を車内に取り込めた。

晩夏の夕暮れどき、レドンド・ビーチの駐車場に停めた。海に突き出したボードウォークに、ペリカンが飛来してきた。間近で見たペリカンの、くちばしの大きさには驚愕《きょうがく》した。

高知生まれのわたしは、海から昇る朝日を見て育った。元旦の初日の出も、桂浜《かつらはま》から太平洋を見たものだ。

レドンド・ビーチも同じ太平洋だが、西海岸では夕日が海に沈んだ。あかね色に染まった水平線を遠望しつつ、すぐ近くを舞うペリカンにも見とれるという、ぜいたくな夕景を満喫できた。

カミさんとわたしの旅が豊かだったのは、旅先で常にレンタカーが利用できたからだ。助手席に座るのにも、すっかり慣れた。旅を豊穣《ほうじょう》にしてくれるクルマに、衷心《ちゅうしん》からの感謝を込めて筆を擱《お》こう。

あとがき

ひとは、さまざまな旅をする。
物書きの旅は、その大半が取材目的の「業務出張」の如《ごと》しだ。
それでも旅は楽しい。
初めて訪れた町の地べたを、自分の二本足で踏ん張ったとき。
比喩《ひゆ》ではなく、身体《からだ》の芯《しん》にまで震えを覚えることが何度もあった。
たとえばフィラデルフィアの「ロッキーステップ」がそうだった（詳細は本文）。
名作『ロッキー』で、主人公がトレーニングで駆け上がった、美術館への石段。
いまでは「ロッキーステップ」と呼ばれている。
そして全米どころか世界中から観光客が訪れて、ロッキースタイルで駆け上がる。
あたまのなかで映画のテーマ曲を、テンポよく再生しながら。
取材であるのを、ひととき脇にどけて、わたしも駆け上がった。
「ロッキーのテーマ」をあたまで奏《かな》でながら。

＊

旅人が旅先で得る喜び、感動、感銘などは、個人ごとに異なるだろう。

並んで同じ景色を愛《め》でたとしても、響くものはまるで違うかもしれない。

名物を食しても同様だ。

その個人差こそが、じつは人生の醍醐味《だいごみ》だと確信する。

だれもが同じことにしか感動も感銘も受けないとしたら……。

いや、これ以上は言うまい。

本書は、筆者の主観を記したまでだ。

読者諸兄姉《しょけいし》のこころに、一行でも響いてほしいと願うことで、あとがきに代えさせていただきたい。

二〇一九年八月　旅先マンハッタンにて

山本一力

初出

第一部　もの想ふ旅人……………「Hotel Review」二〇一四年一・二月号～二〇一九年三・四月号（一般社団法人 日本ホテル協会刊）

第二部　ドライブ道すがら……「Harmony」二〇一七年五・六月号～二〇一九年三・四月号（トヨタファイナンス株式会社刊）

〈著者略歴〉
山本一力（やまもと　いちりき）
1948年、高知県生まれ。1997年、「蒼龍」で「オール讀物新人賞」を受賞してデビュー。2002年、『あかね空』で、第126回直木賞、2015年、それまでの業績に対し、第50回長谷川伸賞を受賞。
著書に、「ジョン・マン」「龍馬奔る」「損料屋喜八郎始末控え」のシリーズ、『まいない節――献残屋佐吉御用帖』『峠越え』『ずんずん！』『長兵衛天眼帳』などの小説のほか、エッセイ集に、『大人の説教』『男の背骨』などがある。

旅の作法、人生の極意

2019年10月4日　第1版第1刷発行

著　者　山本一力
発行者　後藤淳一
発行所　株式会社ＰＨＰ研究所
東京本部　〒135-8137　江東区豊洲5-6-52
第三制作部文藝課　☎03-3520-9620（編集）
普及部　☎03-3520-9630（販売）
京都本部　〒601-8411　京都市南区西九条北ノ内町11
PHP INTERFACE　https://www.php.co.jp/
組　版　朝日メディアインターナショナル株式会社
印刷所
製本所　図書印刷株式会社

Ⓒ Ichiriki Yamamoto 2019 Printed in Japan ISBN978-4-569-84359-9
※本書の無断複製（コピー・スキャン・デジタル化等）は著作権法で認められた場合を除き、禁じられています。また、本書を代行業者等に依頼してスキャンやデジタル化することは、いかなる場合でも認められておりません。
※落丁・乱丁本の場合は弊社制作管理部（☎03-3520-9626）へご連絡下さい。送料弊社負担にてお取り替えいたします。

PHP文芸文庫

峠越え

山本一力 著

女衒の新三郎と壺振りおりゅうが人生のやり直しを賭け、乾坤一擲の大勝負に出るが……。男女の機微が胸に迫る著者会心の傑作時代小説。

定価：本体724円（税別）

まいない節
――献残屋佐吉御用帖

山本一力 著

私腹を肥やす役人、許すべからず――。献上品を買い取り転売する献残屋の佐吉が、不正を働く奉行所の役人に立ち向かう痛快人情小説。

定価：本体920円（税別）